夜不語

詭秘檔案

夜不語
詭秘檔案

夜不語

詭秘檔案114

Dark Fantasy File

寶藏 中

夜不語

Kanariya 繪

CONTENTS

自序

最近比較悠閒，因為新冠病毒的影響，我開始放慢了自己的人生。

《寶藏》的故事由於時間跨度太大，十四年多的時間，陸續出過四個版本，弄得我給錯了這一版的稿件。在這裡更正一下，《夜不語詭秘檔案113：寶藏 上》的聯誼時間，是四月二十七日。而不是五月二十七日。

這也算是個災難了吧……

想想也是有趣，《夜不語詭秘檔案》系列的《寶藏》這個故事，貫穿了我人生價值觀中的兩場大災難。

一場是區域性的，二〇〇八年五月的汶川大地震。

那年，《寶藏》這本書也是剛剛再版，還出了口袋書。這個系列的銷量節節攀高，很令人高興。

然後突然就地震了，地動山搖，山河晃動。我家樓下的河水，都從河道中被地震生生搖了出來。

我穿著內褲就從三樓衝到了一樓的花園裡，場面要多尷尬就有多尷尬。家裡的傭人嚇得躲在花園的槐樹後邊。

她腳邊上的土中，有許許多多的蛇蟲鼠蟻從洞裡逃出來，黑烏烏地逃到了院子外。那時候我才發現，他奶奶的，沒想到只有二十來坪的小花園中，居然多了那麼多平時不可能看得到的生物。

成都人都是樂觀的，我是成都人，我也樂觀。

地震後我覺得人生無非就是那回事了，所以沒過一個月，就結束了和女友的感情長跑，順利將她升級成女友 2.0 版本。

她變成了蘇太太。

一路走來，今天我結婚已經十二年了。

感覺好長好長，真的好漫長。

《寶藏》這個故事，已經是第五次更新版本。

沒想到的是，二〇二〇年，新冠肺炎來襲。來勢洶洶，整個世界都被分割，被隔離成了一小塊一小塊。

每個人都隔著不同的口罩，或哭，或笑。

前段時間我買了一輛小電動四輪車，外形很像高爾夫車，在城市裡穿梭很方便。我每天都接送小餃子上學下學。她在學校的時間，只要我不忙，就會騎電動車去家附近二十公里遠的一條大河旁。

最近的成都，煙雨濛濛。

雨一直下一直下，很久沒有見到陽光了。

我喜歡在雨水朦朧中，坐在電動車裡躲著雨，看著草木豐沛，打破碗碗花開得正濃的河岸，看著河水流淌。

秋天的河岸，兩畔的蘆葦紅了。紅得很淡雅，紅得像是女孩的胭脂撒亂了。特別的美。

在蘆葦的縫隙中，河水嘻嘻嘩嘩地流個不停。每當這個時候，我都覺得自己遇到了小偷，我的時間，總會在不知不覺中被偷走。

許多許多次，我看著流水流過，恍然回過神的時候，已經過了兩個小時、三個小時……

喔，看看錶，又到了該去接餃子放學的時候了。

秋天的梧桐，今年枯黃得很早，上個月就枯盡了。餃子的學校，位於一條滿是梧桐的小小街道。

每次去接她，我都能看到滿天梧桐在風中飄撒而下，被風帶起，捲入空中。那蕭索的風景，好美好美。

餃子愛笑，每次看到我接她，她，都笑。
笑得像我生命裡的，打破碗碗花。

夜不語

人物簡介

謝雨瀅：有趣的女孩，不但有趣，而且笨得可愛。
楊俊飛：知名的大偵探，曾經和主角在《茶聖》故事中相遇。最後變成了不穩定的朋友關係。
趙因何：黃憲村的撿骨師。（死亡）
孫　敖：某大學民俗學系會長，一副文質彬彬的模樣，待人處世都很謙遜，讓人看不出他的心機。綽號敖老頭。（死亡）
孫曉雪：同一民俗學系會員，孫敖的女友。
張　訶：外貌陽剛，長年龐克打扮，但喜歡做出小女人的姿態。莫名其妙的大學生。綽號母兮兮。（死亡）
何　伊：性格活潑開朗的大學生，同一民俗學系會員。（死亡）
趙　宇：同一民俗學系會員，綽號壽司。
王　芸：同一民俗學系會員，趙宇的女友。（死亡）

許宛欣：謝雨瀅的好友，錢墉的女友。（死亡）

錢　墉：我的同學，小胖子，性格令人不敢恭維。（死亡）

李　睿：趁著妻子熟睡時，用菜刀將妻子身上所有的肉一刀一刀割下來，剔得乾乾淨淨只剩下一副泛著血色的骨頭的瘋子。

彥　彪：手持黑市高價買來的槍枝，將所住樓層的所有居民全部殺光的殺人魔。

夜不語：就是我。主角，是個IQ很高，但很多時候都理智得讓人感到乏味的人。從小到大，我的身旁發生過許許多多詭異莫名的事情。有感於此，我開始用筆將它們一件接著一件記錄下來，寫成小說。沒錯，就是你們正捧著的這本。

每個男人，在還沒有成為男人前，大多都曾有過尋寶的夢想。許多男孩以為自己長大後，或許會揹著大大的旅行包，裡邊裝滿了形形色色的挖掘工具，然後朝著藏有大量價值連城的寶物的地方，曲折或者不太曲折地靠近。

每個男孩曾經都是。

但是當這些男孩真正長大後，卻沒有再奢望過。只有極少數的人依舊陷在孩提時代的夢中，難以自拔。於是那些極少數人中的極少數，變成了開拓者，以及冒險家。

寶藏，確實令人心動。但如果是要用你的命去換，你願意嗎？

恐怕，我願意！

楔子之一

我有一個夢想，但具體是什麼，很早以前便已經忘記了。或許，自己曾在夢中不經意地重溫過無數次吧。

可，誰又知道呢？

夢想畢竟只是夢想，雖然比妄想稍微好上那麼一丁點，但如此平凡的我，恐怕依然無法實現。

說不定，忘記，對自己的人生而言，會好上很多。

今天是我第三百次走過同一條小徑，這條小徑是上班必經的路線。

稍微回憶了一下，自己的生活似乎從小就是那麼無聊以及平淡。小學、國中、高中時代是對家、學校的折迭線。大學時代是教室、食堂、宿舍的三點一線。而工作後就更無聊了，完全是公司以及出租屋的輪迴線。

這樣的生活，已經平平淡淡地結束了自己三分之一的人生。

今年的我二十六歲，卻從來沒有交往過女友，不要說女友，連要好的朋友也沒有。

每次生日，都只是自己買好蠟燭和蛋糕，然後將代表年齡的火焰輕輕吹滅。

不過，習慣了，也就無所謂了。

今天的天空似乎有點與眾不同，空氣裡，似乎在醞釀著某些說不清、道不明的未知氣氛。剛走出小徑的路口，一個女孩突然撞到我身上。

是個長相很平凡的女孩，個子不高，穿著粉紅色的長裙。

她滿臉緊張，結結巴巴地說道：「您好，這個，我……人家送給您。」慌張地在我手心裡塞進什麼東西，她便如同風一般跑掉了。

我張開手掌，是一袋包裝得很精美的高級衛生紙。疑惑地拆開，居然看到雪白的衛生紙上有一行娟秀的字跡：

「送給有緣人。希望您看到後能和我聯繫，做我的朋友。我的聯絡方法是……」

不知為什麼，我笑了，有生以來第一次笑得那麼開心。

九十七天後，我和那個女孩結婚了。

婚禮那天，來了很多親戚朋友。只不過沒有一個屬於我，因為自己早就忘了親戚甚至父母的聯絡方式，而朋友，我的人生中，根本就不存在這種生物。

未婚妻的朋友們祝福我們，說我和她是天定良緣，前三世就注定會走到一起。我笑了，笑得很燦爛。

酒過三巡，將客人全部送走後，剛變成我妻子的雌性生物並沒有像三流電視劇裡的演員一樣，害羞地坐在床頭，而是迫不及待地拆開收到的禮物和紅包，笑呵呵地數著。

「親愛的，我們賺翻了！光是紅包就收了好幾萬塊。」她眉開眼笑地轉頭衝我叫著。

我意興闌珊，只是將目光掃過禮物堆，心底泛出一種莫名的空虛。猛地，視線停頓，我的視網膜上映出了一個奇怪的頭像。

那是個青銅人頭像，圓頭頂，頭上彷彿戴有頭盔，腦後用補鑄法鑄著髮飾，像是蝴蝶形花笄，中間用寬帶紮束。

人像造型優美，神完氣足，大得出奇的雙眼緊閉著，鼻子很尖，整體輪廓中透出一股神秘和詭異。

看到它的一剎那，我的整個神經都凝固了，身體彷彿被電擊中似的不由得抽搐了一下。

我睜大雙眼，一眨不眨地盯著它，然後緩慢，但是十分堅定地伸出手，將它死死握在手心。

「這是什麼東西？」妻子疑惑地看了我一眼，又迷惑地望著我手中的人頭像，「奇形怪狀的，滿可怕。不知道是哪個傢伙在開我們玩笑。」

「不是玩笑！」我的話衝口而出，聲音大得像是吵架。

妻子被嚇了一跳，驚魂未定地看了我好一會兒，這才小心地裝出疲倦的樣子，打了個哈欠說：「人家睏了，準備睡覺覺。老公你也快點把那個奇怪的東西扔了，早點上床。」

我的耳朵絲毫沒有接收到她的聲音，全身心都投入到那個古怪的青銅人頭像上。不知過了多久，才稍微動了動僵硬的身體。

突然，我覺得自己的一生極度無聊，無聊到沒有再生存下去的意思。

我走到窗戶前，望著二十一樓下的夜色，悠閒且大腦清晰地思忖著，跳下去能不能在沒有痛苦的情況下結束生命。

用手用力地將頭顱左右掰動，我轉身靠在剛粉刷好的雪白牆壁上。視線正對著結婚照，照片上妻子的笑容十分燦爛甜蜜，可愛得如同天使。

我不由得也笑了起來，但鏡子中的我，笑容卻是那麼的詭異。

我的手中死死拽著那個人頭像，不知為何，我甚至覺得手心裡的東西比自己的生命更加重要。

人生，真的很無聊，特別是我的人生。

或許，死了對我的人生而言，會更好吧。但是妻子呢？她剛嫁給自己，滿心以為自己會帶給她幸福，這個對自己而言唯一也是最重要的人，自己怎麼能令她失望、令她傷心呢？

還不如，將她一起帶下地獄，至少黃泉路上，大家都不會孤獨。

我的笑容在對面的鏡子中變得陽光，小聲地哼著歌，走進廚房拿出一把銳利的菜刀，然後輕輕打開臥室的門。

妻子睡得十分舒服，呼吸輕淺，秀挺的鼻子不時可愛地抽動一下。

我看著手中的尖刀，又看了看她白皙的臉孔。不禁搖搖頭，小心翼翼地將她踢開的被子重新蓋好。

然後坐在床沿，出神地注視她，接著右手毫不猶豫地刺了下去……

楔子之二

三年零一個月外加十七天以前，我曾為自己無聊的人生定下過一個高貴的目標。

當時我撕扯著白玫瑰的花瓣，讓花瓣一片一片的散落在地上，然後輕輕揚起頭，望著藍得令人發狂的天空，靜靜地說：「當我喝完第三百壺薰衣草茶時，就遺忘從前的一切。扔掉回憶，拋棄所有過去。到那個時候，再認真地找個女友。」

三年多過去了，突然覺得很迷惘。

薰衣草茶已經喝了兩百九十四壺，還有六壺，就到了與自己約定的時刻。

到時候，我究竟會找到一個什麼樣的女友？

四年之前，我以為自己身邊有女友是理所當然的事情。所以，詩詩留在我身旁無微不至地照顧我時，絲毫不感覺唐突，也不會內疚，只一廂情願地認為那樣地付出，是作為女友的某種責任。

感覺，有點可笑。

這個世界有許許多多稱之為責任的東西，但是所謂責任，都是有附帶條件的。例如父母與兒女，妻子與丈夫。

唯獨男女朋友之間，並不存在著責任，照顧與被照顧只是兩種感情而已，愛以及被愛的感情。

早就忘了自己是從什麼時候開始學會照顧人的。

曾經有個把我傷得傷痕累累的人，至今都還說我是個很好的男人，好到令人捨棄不下。於是，她反反覆覆地在和男朋友分手又找到男朋友後打電話給我，直到現在都還用電話騷擾我。

我是個好男人嗎？或許是吧。雖然稱呼自己為好男人，讓人有些臉紅。

突然想起那個連續六年，在生日時寄鬧鐘給自己的人。那個不知道性別，以及年齡的奇怪傢伙，是不是也認為我是個令她割捨不下的好男人呢？

哈哈，其實是不是早就已經不再重要了。重要的是，薰衣草茶即將喝完，而我卻開始猶豫不決。

未來那個素不相識，素未謀面的親愛的，妳會是怎麼樣的一個人呢？

不知為何，最近老是想很多。

或許，真的是因為三百壺薰衣草茶將要告罄吧。

算了，不想再胡亂猜測，要不了多久一切都會浮上水面的。

只是今天，信箱裡不知道被誰塞進一件十分有趣的東西，是一個青銅人頭像，很醜陋，但當我將它握在手心裡的那瞬間，眼中的世界猛地變了。

眼前的人群、樓房，甚至自己的雙腳，一切都在扭曲變形。

海。

我用力抓住身旁的電線杆，深深地喘氣，心臟劇烈地跳動，一生如跑馬燈般閃過腦

抬起頭，我見到一個男孩，一個嘴角帶著古怪微笑的男孩。他什麼話都沒有說，只是向我伸出了右手。

而自己居然明白了他的邀請，明白了自己命中注定的歸宿。

※　※　※

五月二十三日的《都市晚報》，用一整版的篇幅介紹了一起兇殘的謀殺事件。

據說二十二日下午兩點左右，一名叫做彥彪的中國籍男子手持自黑市高價買來的槍枝，將所住樓層的所有住戶全部殺光。據警方統計，一共有七十九人當場死亡，只有兩名四歲左右的小孩躲在衣櫃中，逃過了劫難。

兇手作案後逃逸無蹤，警方已經發布了通緝令云云。

序幕早就被無情地掀開，糟糕的故事，恐怕又要繼續了……

第一章 DATE：五月二十一日晚上七點十九分　散步

德國劇作家 Klug Veikko 曾經說：「Maybe god wants us to meet a few wrong people before meeting the right one, so that when we finally meet the person, we will know how to be grateful.」翻譯過來的意思是：「在遇到夢中人之前，上天也許會安排我們先遇到別人；在我們終於遇見心儀之人時，便應當心存感激。」

最近，越來越喜歡獨自散步的感覺，可以想到很多事情。

不知是不是因為最近發生一連串令自己焦頭爛額事情的關係，這幾天心情都很不好。好吧，其他的都統統放到一邊，還是先來說說散步的問題。

知道什麼是貝勃定律嗎？據說這是一個叫做貝勃的人做的有趣實驗。

如果一個人右手舉著三百克重的砝碼，這時在其左手上放三百零五克的砝碼，他並不會覺得有多少差別，直到左手砝碼的重量加至三百零六克才會察覺。

而如果右手舉著六百克，這時左手上的重量至少要達到六百一十二克才能感覺到變重了，越後面就必須增加越大的重量才能感覺到差別。這種現象就是「貝勃定律」。

「貝勃定律」在生活中到處可見。比如五毛一份的晚報突然漲了一元，那麼你會覺得不可思議，無法接受。但是，如果原本五百元的 MP3 也漲了一元，甚至十元，你也不會太介意。

就如有些人總抱怨朋友對自己不如剛認識時那麼好了，其實也是「貝勃定律」在作怪。

有時陌生人給你的一點點關懷，你就會感動不已，所以很多愛情總在旅途時發生。而你的親人怎麼寵你愛你，你都可能視而不見，或者覺得平淡如水。

人類的感覺很敏感，但也有惰性，它會矇騙我們眼睛看不到事物的變化，也會加重我們的感受進而迷失理性。

所以，不能太自以為是，我們應帶著謙卑的心對待萬物眾生，才可能減少犯錯，積累智慧。心海航程，危險之處，就在於容易失。

散步，也同樣如此。

譬如現在，我就遇到了件有趣的小事情。

對了，照例自我介紹一番，本人名叫夜不語，常會莫名其妙遇到古怪事件的普通高三生，良好善良的市民。

像我這麼普通良好的市民也會稍微有些煩惱。例如，最近一出門就有人跟蹤我，而且跟蹤的方式實在不堪入目，根本就是迫不及待地想讓我早點發現。

按照跟蹤者的性格，似乎在暗中計畫著什麼詭異的勾當。

今天我終於忍受不了了，拐進某條偏僻的巷子，背對著被堵死的出口，淡淡地說：

「無聊的大偵探，你究竟想跟蹤我到什麼時候？」

一個裝腔作勢的尷尬聲音，立刻從某個陰暗角落傳了出來。

某人假裝咳嗽，不緊不慢地走了出來：「小夜，你真是太傷我自尊了。本人聽說最近你身旁發生一連串的死亡案件，作為好朋友，當然會擔心。一擔心，就不由自主地暗中保護你。我可是很有佛心的！」

我冷笑：「佛心？我可沒有你那麼大齡的好朋友。而且，什麼時候保護和跟蹤變成同義詞了？」

楊俊飛臉上帶著完全沒有褪色的笑容，滿不在乎地走過來拍我的肩膀：「孤陋寡聞，保護和跟蹤從甲骨文開始就是同義詞了，難道你不知道？」

我哼了一聲：「完全不知道。您老先生跟蹤也跟蹤了，發現也被發現了，一般情況而言，也該像普通的跟蹤者一樣，放幾句狠話，然後灰溜溜地走人了吧！」

「我可不是普通大眾。」

那傢伙恬不知恥驕傲地揚起頭道：「作為好朋友，我絕對會把自己好朋友生命的安危放在首位，我的鼻子在你周圍嗅到了危險，非常大的危險。那個莫名其妙出神入化的大危險一天不遠離你，我就每天都會賴在你身邊不走，除非……」

「除非我帶你混進三星堆博物館裡對吧？」我瞪了他一眼：「你放心，我死都不會帶你進去。」

楊俊飛絲毫沒有惱怒的跡象，只是無所謂地擺擺手，「沒關係，我這個人最出名的就是有耐心。嘿嘿，看來你暫時也不會把我撇開，獨自溜進博物館裡偷那根黃金杖吧？」

「我才不會去偷那根不知所謂的黃金杖。」

「對！是！你不會偷，只是稍微借出來看一看有什麼奇怪的地方，對吧。」他露出奸笑。

靠！這傢伙完全把我的性格摸清楚了。果然是個狠角色！

我迅速地轉開話題：「老男人，你跟蹤我，顯然不只想跟著我混進博物館那麼簡單吧，究竟還有什麼目的？大家開誠布公的攤牌，或許還有雙方都需要的線索呢。」

楊俊飛大為欣賞地點頭，接著隨意盤腿坐在骯髒的垃圾堆上，慢慢說起來：「你周圍發生的一連串死亡事件，我很感興趣。工作之餘也稍微調查了一下，沒想到居然發現了一些十分有趣的線索。」

我猛地抬起頭，眼睛一眨不眨地望向他：「什麼線索？」

「別著急，我一點一點地告訴你。不過，作為交換，你要答應我一個條件！」

「什麼條件？」

「很簡單。這個事件，我也要參與，這麼有趣的事情，我怎麼能錯過！哈哈，說實話，你這個小傢伙真不錯，不過才活了短短十八年，遇到的怪異事情比我這個國際知名偵探還多，實在不可思議！」

「我答應你。」我坐到了他身旁，「閒話少說，你究竟發現了什麼？」
「等下再和你解釋。現在，先陪我去一個地方。」
「哪裡？」
「去了就知道，哈哈，絕對不會讓你後悔的！」

※　※　※

DATE：五月二十五日晚上十一點三十五分
我們會幸福的，對吧！
妳說過愛我的，對吧！
妳會永遠和我在一起的，對吧！

曉雪蜷縮在臥室的一角，全身都因為恐懼而顫抖。
不知道從什麼時候起，敖的聲音就不斷在耳邊響起。一開始只出現在夢中，醒來後偶然回憶起夢境，也只覺得是因為自己太愛他，而產生的幻覺。
不久後，那種聲音越來越清晰，越來越響亮，就像有人站在自己身旁，離自己的耳朵只有幾公分的距離，然後撕心裂肺地號叫。

那是敖的聲音，她聽得很清楚，絕對是敖的聲音，但是敖，已經在半個月前就死了，是自殺，警方直到現在都還沒有釐清原因。

但是她知道，敖的死，絕對是因為那次旅行。

從那個怪異的村子回來以後，所有人陸續詭異地死去，或是自殺，或是莫名其妙地發生意外。現在，只剩下了自己。看來，現在輪到自己了！

不甘心！自己怎麼能這樣不明不白地死掉，自己什麼事情都沒有做過，是誰！是誰在暗地裡將所有人殺掉的！

我們會幸福的，對吧！

妳說過愛我的，對吧！

妳會永遠和我在一起的，對吧！

敖的聲音又在耳邊響起了，越發大聲。不對，不是耳邊，是腦海，聲音是從腦海裡冒出來的。不然為什麼所有人都聽不到？

「你死了！你已經死了！為什麼你不放過我！我是愛你，但是你也愛我，為什麼不放過我！」曉雪用尖銳的叫聲吼著，她不住地顫抖，將用力攥在手心裡的藥瓶打開，倒了一大把鎮定劑一口吞了下去。

不知道是因為鎮定劑的緣故，還是自己的吼叫，腦海中不斷重複的聲音慢慢淡了下去，最後終於徹底消失。

曉雪彷彿全身力氣都消失了似的，一動也不動地癱倒在地板上，睡著了。

不知過了多久她才醒過來，窗外依然漆黑一片，不只沒有月亮，就連一點星光也沒有。街上的路燈似乎全都壞了，房間裡什麼都看不到。

很好，那個該死的聲音並沒有隨著自己的清醒出現。

她一邊感覺慶幸一邊站了起來，喉嚨裡一片乾澀，很渴。摸索著按下了床頭燈的開關，但光明並沒有隨著那清脆的「啪」聲降臨。

難怪外邊那麼黑，居然倒楣地碰到罕見的全市大停電。

曉雪將凌亂的頭髮隨意紮起來，憑著記憶翻出了手電筒，就著明顯電量不足的光芒向廚房走去。

拉開冰箱的門，取出牛奶痛快地喝了一口，然後長長地舒了口氣。已經有多久沒這麼安靜了，自從敖那陰陽怪氣的聲音不斷在耳邊迴盪以後，自己每天嚇得心驚膽跳，就差跳樓自殺了。

原來一個人的寧靜居然如此令人心曠神怡，難怪許多人都需要獨處的空間，一刻不停的聒噪，只會讓人變得神經質，甚至發瘋！

將喝剩下的牛奶放回冰箱，剛轉身，她頓時尖叫出聲。

身後，不知什麼時候站了一個人，一個男人，他一動不動的，直愣愣地望著曉雪。

好不容易看清那人的樣子，曉雪這才喘著氣，按住瘋狂跳動的心臟，不滿地道：「老爸，你幹嘛站在這裡一句話都不說，差點被你嚇死！」

老爸依然什麼話都沒說，也沒有因為自己的聲音有絲毫動作，只是站著，一動也不動，像是蠟像一般。手電筒昏暗的燈光射在他臉上，表情僵硬凝固，眼睛也許久沒有眨動。看在眼裡，真的令人懷疑眼前的物體是不是真的活人一個。

曉雪皺著眉頭，咕噥道：「你不說話那人家就去睡了，真是的，心情剛好一點，就差點被某個有血緣關係的傢伙弄掛，倒楣！」

微微轉身向自己的臥室快步走去，腦海中，似乎有什麼念頭在不斷提醒自己。猛地，她停住了腳步。

老爸不是今天去美國出差嗎？下午四點半的飛機，現在的他，應該還在飛機上才對。那身後的人，到底又是誰？

心臟，又怦怦地瘋狂跳動起來。她努力地做出不動聲色的樣子，想要裝作不經意地回頭，可是當真的轉過去時，卻又愣住了。

身後哪裡有人！

只剩下空蕩蕩的廚房隱藏在黑暗中，手電筒照耀下，小小的十多坪空間一覽無遺。

曉雪的大腦一片混亂，自己所站的走廊是進入客廳或臥室唯一的出入口，只有經過這裡才有可能出門，不然就只能跳窗了。

可通向外邊的窗戶上安裝著牢固的鐵欄杆，就算是想跳出去也不可能，何況，自己的家可是在二十一樓。

只是那……那個長得像自己老爸的人又到哪去了？

還是，那個人根本就不存在，從頭到尾都是自己大腦中的幻覺，就像敖的聲音一樣？

曉雪感覺全身一股惡寒，皮膚上不斷地冒出雞皮疙瘩。恐懼感如同實質一般圍繞在四周的空氣中，自己幾乎要窒息了。

她現在只想轉身衝回柔軟的床上，把頭深深埋進被窩裡。

深呼吸一口氣，她轉身，正準備起步跑開，可是下一刻卻渾身僵硬得再也無法動彈。

身旁站著那個男人，他臉上的肌肉不斷扭曲，一會兒像是痛苦地號叫著的父親，一會兒又像是某個似乎很眼熟的男性。

終於，男人的臉孔總算平靜下來。

敖，是敖。那個男人變成了敖的樣子，敖在衝自己微微笑著，他迷人的富有男人味的眼睛一眨不眨地望著自己，很溫柔，溫柔得像是要將她融化。

可是面對著昔日愛得死去活來，甚至認為可以為他付出生命的男人，曉雪卻感覺不到絲毫的溫馨，只是害怕，怕得要死！

她怕死，比任何人都怕！

「我們會幸福的，對吧！」

敖向她伸出了手。

「妳說過愛我的，對吧！」

他的手上拿著一把尖銳鋒利的水果刀。

「妳會永遠和我在一起的，對吧！」

瞳孔中，那把尖銳的水果刀緩緩向自己的心臟移動過去，抵住了她白皙細嫩的皮膚，冰冷的觸感霎時間將她對生的渴望粉碎。曉雪雙眼變得迷茫起來，嘴角也咧開一絲古怪的笑意。

「對，我愛你，我會永遠和你在一起。」

雙手握住了敖的手臂，就著刀準備向心臟的方向用力，就在這時，門鈴響了起來……

※　※　※

DATE：五月二十五日晚上十一點四十七分

「這是哪？」

「電梯大樓。」

「廢話，我當然知道這裡是電梯大樓。不過，你帶我來這裡幹嘛？」

「你是聰明人，自己分析。」

楊俊飛犯賤地點燃一根菸，深吸了一口，然後浪費地扔在地上，用鞋底踩滅。

我偏過頭去，深深地看了他一眼，沉聲問：「你究竟知道了什麼？」

「青銅人頭像。」他隨意地吐出幾個字。

我頓時全身一顫，臉部肌肉不由得抽搐了幾下。

「你從哪裡知道的？」

「這個你別管。總之，我透過某種管道查過青山療養院，發現今年的五月十八日，曾死過一名叫張訶的大學生。

「他死亡的方式頗有爭議。我稍微有點在意，就簡單查了他的生活圈子。沒想到他的交友圈中居然也不斷有人死亡，而且死法千奇百怪，十分詭異。」

他抬頭向上望了一眼：「住這上頭的女孩，應該是下一個！」

「靠，那你屁話還那麼多！都快出人命了！」我猛地向大樓的電梯奔去。

「奇怪，今天你怎麼那麼積極？」楊俊飛怪笑了兩聲，「據我了解，你小子不像是會怕死的人，而且對毫無關係的人似乎也漠不關心吧，樓上那個女大學生的死活又關你什麼鳥事了？難道，嘿嘿，你在擔心謝雨瀅？」

「謝雨瀅的事情你也知道？」我惱怒地瞪了他一眼。

楊俊飛悠然地搖頭晃腦：「我剛才就說過了，在你沒帶我混進博物館之前，我對你周遭的事物都會很感興趣。小小的調查一番滿足自己不太強烈的好奇心，也是理所當然的。」

「你果然是個令人討厭、遭人痛恨的混蛋！難怪到現在還孤家寡人一個，八成是要當一輩子老處男了！」我怨毒地詛咒著。

楊俊飛無所謂地笑著，但嘴角卻稍微有些抽搐：「臭小子，你似乎還不知道那位漂亮的女大學生住幾樓幾室吧？」

靠！混蛋老男人，果然是個狠角色！我忍住。

好不容易插科打諢才來到了目的地，我深吸一口氣，用力按下了門鈴。希望這一次不要讓自己失望，長久以來困擾我的死亡之謎，讓我至少抓住隨便一條線索吧……

※　※　※

DATE：五月二十五日晚上十一點五十三分

「誰在敲門？」

曉雪猛地清醒，她呆在原地，眼前居然什麼都沒有。孫敖呢？那個自己從前最愛的男人到哪裡去了？

她的臉不停地抽搐，突然，她發現自己手中似乎緊緊握著某樣東西。

是刀！原本孫敖的鬼魂拿在手裡的尖刀。

為什麼？什麼時候跑到了自己手裡？

她嚇得急忙將刀扔在地上，金屬撞擊地面的聲音孤寂地經久不絕。

外邊的門鈴響了，接著敲門聲不斷響起，敲門的人似乎非常有耐心。自己，應該去開門嗎？會不會，又是可怕的幻覺……

曉雪顫抖著站起身，扶著牆，小心翼翼地向廚房外走。每走一步都猶豫一下，不過大腦終於漸漸冷靜下來。

不管怎樣，是那突如其來的敲門聲救了自己，或許去開門，會有微小的一線生機。

她不敢打開電燈，摸著牆慢慢向外走，好不容易才出了廚房。

客廳裡依然昏暗，暗得令人莫名感到恐懼。原本鮮亮的綠色沙發在黑暗中散發著幽幽的黯淡顏色，如同黑洞一般，似乎要將人整個吞噬。

突然，她猛地發現沙發上似乎坐著一個人。背對著自己，正對著關閉的電視，就那麼靜靜地坐著，一動也不動。

「誰？」曉雪小聲地喊了一聲。

那人依舊一聲不吭，就那麼死死地坐著。

那人是誰？為什麼背影很熟悉，熟悉到唐突地看到時，居然無法辨別出來！一定是熟人，很熟很熟的親人！雖然只露出肩膀和後腦勺，但是，真的很熟悉。

大腦像是記起了什麼，她用力地捂住嘴巴，感覺整個人都虛脫地坐倒在地上。

不是因為害怕，而是放鬆，瀕臨崩潰的精神全部放鬆下來，這時她才感覺自己的心臟幾乎快要蹦出胸膛。

是老爸！居然是老爸！他回來了！

但是為什麼他不說話？想和自己開玩笑？是睡著了？不像！都不像！難道自己又進入了剛才的惡夢中？不是去出差嗎？怎麼回來了？是真的回來了嗎？

好不容易放鬆的精神再次緊繃，心臟又開始狂跳。她感覺頭暈目眩，忍住快要發瘋的痛苦，緩緩地向父親走過去。

一步，兩步，近了，很近了。終於，她的手碰到了父親的肩膀。只是父親，卻隨著她手上輕微的力量，向右側倒下去。

她大腦一陣混亂，收回手，用不可思議的眼神失神地看向手心。手中，似乎沾染了滑膩的液體，很濃，有股奇怪的味道。

是血腥味！

「老爸！你怎麼了？你怎麼了？你究竟怎麼了？」她猛地跑過去，扶起父親的身體。但是觸感只有一股冰冷，死亡一般的冰冷。

她用力地抱住父親，撕心裂肺地尖叫。如同滿弦一般緊繃的精神，終於崩潰了。

※　※　※

DATE：五月二十五日晚上十一點五十九分

按門鈴按到手快抽筋，然後又足足敲了將近十分鐘的門，居然完全沒人理會。雖然是深夜，就算房子裡的人警覺性再強，也不會默不作聲吧？

難道睡著了？不對，憑自己這種粗暴的敲門法，就算死人都會嚇活。

根據楊俊飛的情報，那位名叫孫曉雪的大學生確實回家了，而且一直待在家裡沒出過門。

正在感到迷惑時，屋內突然傳出一陣刺耳的女性尖叫聲。我和楊俊飛對視一眼，老男人當即一腳踹在門上，將房門踢開，可謂蠻力驚人。

飛快地竄進房間，一走入客廳，就著從走廊透入的燈光，看到一名女孩抱著一個男性坐在地上，一邊尖叫，一邊哭得淚眼模糊。

這樣的情況明顯超出我們的想像。

稍微遲疑了幾秒，我不聲不響地輕輕將大門關上。

楊俊飛的手段也非常乾脆，一個手刀劈在孫曉雪的脖子上，難聽的叫聲終於戛然而止，她靜靜地倒在地上。

楊俊飛細心地將她抱到沙發上，開了大燈，向那個男人望去。

「不用懷疑，他已經死了。」我早就蹲在了屍體旁，略微檢查了一番。

「一刀致命。」我指著心臟部位說道，「這樣也好，至少不會感覺痛苦。老男人，你有什麼看法？」

楊俊飛低頭打量了一番：「這個男人大概五十出頭，穿著整齊的西裝，打著領帶，一副普通上班族的模樣，看來是剛回家。」

我嗯了一聲：「而且剛進門時，我有看到行李箱，應該是剛出差回來。你看，這人會不會就是孫曉雪的老爸？」

「很有可能。這男人死時毫無防備，臉上還帶著微笑，像是看到了自己的親人。」

「果然，孫曉雪可能出於某種原因殺死了自己的父親。只是，裡邊恐怕還有些詭異的內情才對。」我抬起頭向他望去，「我有個想法，就是不知道你和我想的會不會一樣。」

楊俊飛看了一眼仍舊躺在沙發上昏迷的孫曉雪，微微笑起來：「像你這麼犯賤的臭小子，怎麼可能不用那種犯賤的方法！嘿，在你關大門的時候我就猜到了，大家分工合作，我來處理現場，你把這小妮子帶到安全的地方。」

「和聰明人說話果然不累。」我的視線掃過整個客廳，「幹得乾淨俐落一點。不要留下線索給我表哥，別看他平時很木訥，辦起案子可是鉅細靡遺的。」

「你不說我也知道。哼，和你這臭小子居然那麼有默契。怎麼樣，要不要考慮高中畢業後乾脆別升學了，到我這來和我一起工作？又有趣，又有『錢途』。」

「沒興趣。」我扶起孫曉雪，匆匆結束這段完全沒營養的對話。

事情果然陷入惡性循環。所有謎題的鑰匙就在這個女大學生身上，不管怎樣，都要騙她吐出真相，否則，不光是我，恐怕就連雨瀅也沒辦法逃掉！

第二章 DATE：五月二十六日凌晨四點二十五分 巴納姆效應

有人說，男人的法定結婚年齡是二十二歲，法定服兵役年齡是十七歲，這說明女人比敵人還難對付。

我不知道孫曉雪會不會是這樣的一名女性，畢竟，她現在還靜靜地躺在我家郊外別墅的沙發上。

我坐在她的對面，蹺著二郎腿，百無聊賴地等楊俊飛回來。

那傢伙足足用了快四個小時，才慢悠悠地按響別墅的門鈴。

我打開門，見他一臉輕鬆的樣子，不禁皺了皺眉頭：「搞定了？」

「非常完美！」他從冰櫃裡拿出一罐啤酒，打開，大大咧咧地坐到沙發上，舒服地喝起來。

我瞪了他一眼：「不要大意，雖然沒搞清楚昨天究竟發生了什麼事，但畢竟真的有人死了。

「她老爸沒去上班，不久就會被人察覺，然後打電話到家裡詢問。到時要是有有心人發現那家的女兒也失蹤了，絕對會報警。

「要不了多久就會查到我們頭上來，畢竟電梯大樓裡最不缺的就是監視器。」

「這種小問題你都想得到，我怎麼可能遺漏掉！嘿，放心，我已經完全處理好了。」楊俊飛嘿嘿一笑，一口將手中的啤酒喝個乾淨，「對了，你知道我在這位女大學生的房間裡找到什麼嗎？」

「可以讓你提起的，一定是很有意思的東西。究竟是什麼？」我向他攤開手。

那傢伙從口袋裡掏出一樣不大的東西，扔過來。我接住，仔細一看，不由得差點驚訝地叫出聲。

「青銅人頭像！」我死死地打量著這個人頭像，果然，和前段時間在青山療養院中偶然發現的一模一樣，應該是同一類的東西。

「有什麼想法？」楊俊飛望向我。

「不清楚，但是我一直都有個想法。我懷疑許宛欣和錢墉的死，和他們帶回去的這種人頭像有關，只是完全沒有證據。」

我將人頭像慢慢拋起來，又接住：「孫曉雪的周圍也不斷發生死亡事件，死狀都很詭異，而且她手中也有同樣的青銅人頭像。你說，這真的是巧合嗎？」

「誰知道？不過，感覺越來越有趣了。」楊俊飛點燃一支菸。

「靠！老男人，你這混蛋果然沒人性，現在我可是在談許多條人命。」我憤慨地罵道。

「得了吧，你也不是什麼好貨色。」他認真地看了我一眼，「說老實話，你真的又在乎過那些人的死活了嗎？」

我默然，隨後岔開話題：「既然你感興趣，還大言不慚地申明稍微調查過，那說說你的看法！」

「我能有什麼看法？鑰匙就躺在那裡熟睡，弄醒她問清楚情況就好了。」他露出犯賤的笑容，接著走過去粗魯地衝孫曉雪躺著的沙發狠狠踢了幾腳。

沙發劇烈震動，將那名女大學生搖醒了。

她迷惑地睜開眼睛，不解地望著坐在對面的我和楊俊飛。原本混沌的大腦清醒得很快，眼中飛速地閃過一絲警覺。

這個女生絕對不簡單，從驚惶失措到平靜地檢查自己的身體狀況，看有沒有被捆綁，自己的衣物是不是完好，有沒有被侵犯過等等行動，居然只花了二十五秒鐘。

「請問，我是不是被你們綁架了？」她平靜地坐起身體，漆黑的眸子一眨不眨地望著我們。

頓時，我和楊俊飛面面相覷，不知道是該尷尬還是該大笑。

「難道妳什麼都不記得了？」楊俊飛撇撇嘴，用低沉的聲音問。

「當然記得，我剛剛還在家裡做著什麼事情，然後脖子一痛就暈了過去！」孫曉雪揉著自己的脖子右側。

「既然會莫名其妙來到陌生的地方，當然是有人打暈我後帶來的。其中的原因雖然我不太清楚，不過，如果我沒記錯的話，法律上這樣的行為稱為綁架。」她黑白分明的大眼睛又望向我們。

「那妳還記不記得，被人打昏以前妳在幹嘛？」

我和楊俊飛對視一眼，稍微有些驚訝。

這女孩究竟是因為打擊太大，選擇性失憶了，還是在裝傻？如果在裝傻，那就麻煩了。

「剛剛說過了，我本來在家裡做著什麼事，然後脖子一痛就暈了過去！」孫曉雪用手指抵住下巴做出努力思考的模樣，「說起來，那時候我究竟在幹嘛？奇怪，怎麼想不起來。」

說完這番話，她似乎也放棄了回憶，接著說道：「不知道兩位綁匪先生究竟想要小女子幹嘛？先聲明，本人可是單親家庭，老媽很早以前就死翹翹了。老爸是個單純的小職員，根本沒多少錢。」

她打量了下四周：「這棟別墅的主人，比我家至少有錢一百倍！」

女人這種生物，果然比敵人更難對付。我不動聲色地笑著，瞬間為自己和楊俊飛的立場定了位置。

「曉雪姊姊，對了，我能叫您曉雪姊姊嗎？其實什麼稱呼都無所謂。把姊姊請到這裡來，純粹是因為一些無傷大雅的麻煩問題。」

「感覺似乎挺複雜的。」她撇撇嘴，但從表情上完全看不出內心的想法。

這麼麻煩的女人以前雖然不是沒見過，不過，卻實在沒遇到過這麼難以琢磨的。

「一點都不複雜。」我暗中示意楊俊飛不要出聲，決定將事情都攤開，「先自我介紹一下吧，我是第二中學的普通高三生，平凡的小市民，只是最近遇到了一些十分詭異的事。

「自從不久前和朋友一起跑到附近的青山療養院玩過後，周圍的人接連古怪地死去，不知道姊姊會不會有什麼線索！

「對了。」我指了指身旁的老男人，「這位是楊俊飛，國際知名的大偵探。我雇了他調查最近發生的事。而他也真的不負所託，找到了這件事情的一些微妙共同點。」

「你的意思是，那個共同點在我身上？」孫曉雪的臉上略微浮現出些許驚訝。

「沒錯。姊姊想一想，妳周圍似乎也不斷發生難以理解的死亡事件吧？妳的好朋友、妳的戀人。

「而且還有一個最大的共同點，妳的男友和另外兩位朋友，幾個月前曾去過青山療養院，三人中有位叫張訶的男孩還自殺了，死狀詭異。」

「聽起來似乎有點道理。」

這位女大學生不置可否，神色有點呆滯，不知道是不是想到了死去的男友，過了好一會兒才回過神，衝我微微一笑：「不過有一點我不敢苟同。你恐怕並不是什麼普通的高三生，更不是平凡的市民。而且事情似乎也沒你提到的那麼輕鬆簡單。」

「純粹是您的錯覺，我本來就是個普通人而已。」

「呵呵，小弟弟，有時候女人的第六感可是很準的！」她重重地躺回沙發上，嘆了口氣，「我有個朋友，有一次他問我世界上最難的是什麼事？我說掙錢最難，他搖頭。我又說是哥德巴赫猜想，他又搖頭，最後我放棄了。

「他這才神秘兮兮地說是認識你自己。然後我仔細想了想，也對，那些哲學家不是也都這麼說過！」

楊俊飛皺了皺眉頭：「妳想說什麼？」

她古怪地笑起來：「你有沒有想過，自己是誰？自己從哪裡來？又要到哪裡去？這些問題從古希臘開始，人們就開始問自己，然而都沒有得出令人滿意的結果。即便如此，人從來沒有停止過對自我的追尋。

「正因為如此，人常常迷失在自我當中，很容易受周圍資訊的暗示，並把他人的言行作為自己行動的參照，從眾心理便是典型的證明。

「其實，人在生活中無時無刻不受到他人的影響和暗示。比如，在公車上，你會發現這樣的現象：一個人張大嘴打了個哈欠，他周圍會有幾個人也忍不住打起了哈欠。有些人不打哈欠是因為他們受暗示性不強，而哪些人受暗示性強呢？可以透過一個簡單的測試檢查出來。

「伸出雙手，掌心朝上，閉上雙眼。告訴某人現在他的左手上繫了一顆氫氣球，並且不斷向上飄；他的右手上綁了一塊大石頭，向下墜。三分鐘後，看他雙手之間的差距，距離越大，則暗示性越強。

「認識自己，在心理學上叫自我知覺，是個人了解自己的過程。在這個過程中，人更容易受到來自外界資訊的暗示，從而出現自我知覺的偏差。

「在日常生活中，人既不可能每時每刻反省自己，也不可能總把自己放在局外人的地位來觀察自己。正因為如此，個人便借助外界資訊來認識自己。

「但個人在認識自我時，很容易受外界資訊的暗示，從而常常不能正確地知覺自己。」

我望向她：「巴納姆效應？」

孫曉雪看了我一眼，點點頭，笑容中略微有點苦澀：「人其實很奇怪。心理學的研究顯示，人很容易相信一個籠統的、一般性的人格描述特別適合用來解釋自己，即使這種描述十分空洞，他仍然認為反映了自己的人格面貌。

「曾有心理學家用一段籠統的、幾乎適用於任何人的話，讓大學生判斷是否適合自己，結果絕大多數的大學生認為這段話將自己刻畫得細緻入微、準確至極。下面一段話是心理學家使用的材料，你覺得是否也適合你呢？

「你很需要別人喜歡並尊重你，你有自我批判的傾向。你有許多可以成為你優勢的能力沒有發揮出來，同時你也有一些缺點，不過你通常可以克服它們。

「你與異性交往有些困難，儘管外表上顯得很從容，其實你內心焦急不安。你有時懷疑自己所做的事或決定是否正確。

「你喜歡生活有些變化，厭惡被人限制。你以自己能獨立思考而自豪，別人的建議如果沒有充分的證據，你不會接受。

「你認為在別人面前過於坦率地表露自己是不明智的。你有時外向、親切、好交際，而有時則內向、謹慎、沉默。你的有些抱負往往很不切實際。

「這其實是一頂套在誰頭上都合適的帽子。

「一位名叫肖曼・巴納姆的著名雜技師在評價自己的表演時說，他之所以很受歡迎，是因為節目中包含了每個人都喜歡的成分，所以他使得『每一分鐘都有人上當受騙』。人們常常認為一種籠統的、一般性的人格描述，十分準確地揭示了自己的特點。

「有位心理學家讓一群人做明尼蘇達多相人格檢查表（MMPI），之後拿出兩份結果，讓參加者判斷哪一份是自己的結果。事實上，一份是參加者自己的結果，另一份是所有結果的平均。參加者竟認為後者更準確地表達了自己的人格特徵。

「巴納姆效應在生活中十分普遍。拿算命來說，很多人請教過算命先生後，都認為算命先生說得『很準』。其實那些求助算命的人本身，就有易受暗示的特點。

「當人的情緒處於低落、失意時，對生活失去控制感，於是安全感也受到影響。一個缺乏安全感的人，心理的依賴性也大大增強，受暗示性就比平時更強了。

「加上算命先生善於揣摩人的內心感受，只要稍微表現能夠理解求助者的感受，求助者立刻會感到一種精神安慰。算命先生接下來再說一段一般的、無關痛癢的話，便會使求助者深信不疑。

「說實在的，最近真的發生了很多事，我的腦子很亂，也找不到任何頭緒。

「自己以前本來是堅定的無神論者，但現在我常常在想，這個世界上是不是真的有鬼。一個人帶著怨恨死去的話，是不是真的會不得安息，然後化為厲鬼回到這個塵世討債。

「哈，我很傻吧。我的男友是個很優秀的人，真的很優秀。人聰明，長得又帥，而且他還向我求婚了。他說他去救一個朋友，不用半個小時就回來。他說謊，我再次看到他的時候，他全身冰冷地躺在停屍間。

「我撫摸他的臉，他臉上有驚訝、難以置信的表情，彷彿正在解某個很難以理解的方程式。真的，我覺得他只是睡著了而已。只是體溫有些低，低得我整顆心臟都變得冰冷……

「最後我才知道，原來他是在何伊的房間裡自殺的。直到現在，我都不明白他為什麼會自殺。根本就不可能！他一直都是個信守諾言的男人，他說過要娶我的！他居然……騙了我……」

孫曉雪的語氣很平緩，好聽的聲音如同流水一般流淌在四面八方的黑暗中，沒有開燈的別墅裡到處都充斥著她的悲傷。有時候，平靜的悲傷比撕心裂肺的尖叫更加痛苦，我和楊俊飛默默聽著，沒有打斷她。

這個堅強聰明、難以琢磨的女孩，講著講著，開始流出眼淚。

許久的壓抑以及痛苦都一個人承擔了下來，還有每晚怪異卻又極真實的惡夢。就算心智再堅韌的人，恐怕都難以忍受吧。堤壩一旦打開了一道缺口，發瘋的洪水便立刻找到了宣洩的方向。

她一直這樣講述著，流著淚，卻始終沒有哭出一聲。不知道過了多久，她才自個將淚水擦乾，揉揉紅腫的眼睛，緩慢地道：「謝謝你們聽我這個無聊人的無聊嘮叨。總之，你們也算頗有良心的綁匪吧。那，究竟我有什麼能幫上忙的地方？」

老天，解釋了半天，這傢伙對我們的定義居然還是停留在綁匪上。可惡，剛才的口水算是白費了！

見她願意合作，我不再囉嗦，將口袋裡的青銅人頭像掏出來扔給她。

孫曉雪接住，看了一眼，接著困惑地望著我：「這是我的東西吧，有什麼問題？」

「問題，恐怕是有一些。」

我注視著她的雙眼：「我和幾個朋友在青山療養院裡找到過幾個一模一樣的人頭像。如果說妳的朋友和我們都曾到過青山療養院，身旁也不斷發生怪異的死亡事件，那我們兩個完全不同圈子的唯一交集，恐怕就是這些人頭像。

「請務必告訴我它們的來歷！」

孫曉雪低下頭許久，又抬了起來，臉上劃過一絲毅然：「好，我把一切都告訴你們。」

※　※　※

DATE：五月二十三日午夜十二點十二分

午夜的收音機裡，歌聲漸漸止歇，陸均伸了個懶腰，用低啞的聲音對正聚精會神看著他的朋友，緩緩講述鬼故事。

「這是一個關於殭屍的真實故事，據說清朝野史，東軒主人的《述異記》中也有詳細的記載。

「清朝初年，湘南西邊，有個靠山的小村落，整個村子兩百多戶人家，七百多人都是殭屍。這些殭屍喜吃活人血肉，其身濕潤腐爛，全身都發出黴味般的惡臭。

「本來這是一個很普通的村子，大部分人以打獵為生，一部分人種點野菜、地瓜之類的度日。村中有個叫成三的年輕人，平日遊手好閒不事生產，又喜歡調戲別人老婆，常被村人追打羞辱，因此就躲在山中苟活，利用晚上回村偷些東西過活，全村人都對他恨之入骨。

「有天，成三在山上肚子餓了，想挖些野筍、地瓜之類的東西果腹，就到處挖啊挖啊，竟挖到了一具屍體，那具屍體的樣子極為恐怖，臉和身體都爛得不成人形，他雖然肚子空空，也不禁嘔了幾口酸水出來。

「成三本想拔腿就跑，不過轉念一想，屍體上可能會有些值錢玩意，就蹲下來仔細檢查。雖然屍體腐爛嚴重，但頭上好像貼著一張黃紙，上面的字已看不清楚了。

「成三找了半天，結果什麼也沒有，死屍身上發出的怪異腐味，又越來越不對勁，便連忙把死屍埋了，到別處找食物。

「看過那具死屍後，成三開始覺得身體不舒服，人一天天消瘦，牙齒也漸漸變黑，全身無力，昏沉沉的，好像中了屍毒。

「過了一個月，大家發現成三好久沒到村裡來偷東西，心想可能死在山上，正高興時，卻看見成三踉踉蹌蹌地走來，請求村人到城裡幫他找醫生。這些村人哪個沒吃過他的虧？哪裡會幫他？

「『啊！算了，過去的事就不要再提了，再怎麼說成三也是一個人，我們也不能就這樣看著他死！』一位老者這樣說著。便帶他回去洗澡，又煮些東西給他吃，想不到成三才稍微好些，又想調戲老者的女兒，被村人發現後，大家將他打個半死，丟在後山草叢中讓他自生自滅。

「過了幾天，又見成三一身病地求人救他，這次，村人不但沒給他東西吃反而狠狠打了他一頓，然後將他綁在樹上。

「村中有人看不過去，說這樣太過缺德，會受報應。但幾個壯丁一個字也聽不進去，硬是把他綁在樹上。

「成三沒幾天就斷氣了，屍體發黑帶青，眼睛也變成灰泥狀，發出的屍臭非常難聞，村中許多婦人和小孩聞了就不舒服。

「村中幾個壯丁看到這個情況，就商量把成三的屍體放下來，好好埋了，才不會讓大家感染屍毒。大夥都同意了，不過白天大家有活要幹，就決定晚上再去埋成三的屍體。

「到了晚上，大夥吃過晚飯，拿著火把去找成三的屍體時，卻發現屍體竟不翼而飛。查看樹上留下的痕跡，卻發現好像是成三自己掙脫的。成三這是屍變了？

「全村頓時吵翻了天，家家戶戶釘緊門窗，婦人小孩都躲入房內，壯丁們拿著刀、鋤頭，個個神態緊張……

「據老一輩的人說，八十年前這個村子也發生過屍變。那時一個惡霸被人殺死，邪氣未除，成為殭屍到處害人，後來被一名跛腳道士所傷，逃走了。成三應該是被那具屍體感染，才會變成殭屍。

「說到這裡，大家都後悔沒救成三一命，不然就把他燒了，以防屍變。當天晚上，大夥找到三更天，都沒發現成三影子。

「『或許不是屍變，是我們太緊張了。』有人懷疑地說道。

「大家一時也想不出主意，只好停止搜查。正當大家想回家休息時，突然聽見張老頭家傳來慘叫聲，急忙跑去看個究竟。

「一進門，就看見張老頭的屍體被吊在樑中央，地上的鮮血像幾十朵梅花般散放著。張老頭的媳婦也被咬了好幾口，滿身是血地躺在床上，身旁的三歲小孩被咬得連骨頭都露了出來。

「大夥一見到這個慘狀，都嚇得渾身發抖，手腳發軟。只聽到門外一家接一家地傳出驚悚的哀號聲，大夥只得朝傳來慘叫聲的方向跑去，最後，壯丁們終於正面遇上成三，還未交手就被其相貌震懾。

「它的眼睛像沾滿血漿的玻璃球，黑暗中發出紅光，牙齒又尖又利，連著少許血肉及毛髮。幾名壯丁見到這景象，連忙丟下武器落荒而逃，而其他有家有室的則不得不鼓起勇氣跟它一拚。

「豈知成三力氣大得超乎尋常，身上也不知被砍了幾刀，可不但沒事，一個轉身又撂倒一名壯丁。大夥頓失戰意，躲的躲、逃的逃，最後全村死了大半，而一些躲過劫難的生還者聞到其他遇害村人的屍臭，也漸漸不對勁了，接連昏死過去。到了這時，可說全村都是死人了。

「幾天之後，村中屍體忽地一個個爬了起來，樣子就跟成三差不多，全村就這樣都成了殭屍。幾位逃出的村人，利用白天回來找自己親人的，也都死在它們嘴下，或中屍毒而亡……

「鄰近的村落心驚膽顫，紛紛遷出，深怕殭屍餓久了會出來害人，於是屍鬼村之名就傳了出來。」

男宿舍中的所有人都圍在陸均身邊。凡是有住宿經驗的人都知道，小男生是很好奇的生物，特別是十八、九歲，正是好奇心旺盛、對什麼都感覺新鮮的年齡，而高三生的宿舍裡，最不缺的除了A書、A圖外，就是鬼故事了。

早就過了熄燈時間，陸均這間寢室的六個人，就如同其他學校千千萬萬宿舍中的有趣情況一樣，無聊地偷偷點著蠟燭，講起了鬼故事。

「真的有那麼詭異的事？」男孩中有個膽子小的縮了縮脖子，小聲問。

陸均一臉篤定地點頭：「真人真事。據說這個村子到現在還存在，叫黃憲村什麼的來著。」

「有點可怕。」其餘人對這個頂著真實光環的故事，做出了中肯的評價。

陸均滿意地嘿嘿一笑，翻下床準備摸黑去洗個熱水澡。他打開衣櫃找換洗的衣服，不經意間右手摸到了一個冰冷的金屬物體，掏出來一看，是個造型怪異的青銅人頭像。

哪來的怪東西？他剛想扔進垃圾桶裡，突然想起，這玩意兒不是前段時間聯誼時無意間找到的嗎？

說起那場聯誼，就想到青山療養院，那裡給人的感覺實在算不上舒服。

和自己一組的那醜八怪，居然還搧了自己一耳光。靠，自己就算好色，也不會白痴地去佔那種食肉恐龍的便宜，實在太冤枉了！

越想越氣，他拿著衣服以及那個造型莫名其妙的人頭像走進浴室。隨意地將蠟燭插在洗手台的鏡子前，迅速脫光自己。

淋浴噴頭的水均勻地噴灑在身上，溫溫的，很舒服。

燭光閃爍搖晃了一下，放在蠟燭前擋住光線的青銅人頭像投影在他的身上，泛出一種冰冷的妖異感覺。陸均在頭髮上胡亂地抹著洗髮乳，為了節省時間，懶得沖掉就閉上眼睛摸到香皂，向背上抹去。

突然一陣刺骨的疼痛從背上傳來，彷彿背後的皮肉被什麼堅硬的物體撕裂開。他痛得慌忙睜開眼睛，發現自己拿在手裡的根本不是香皂，而是那個古怪的頭像。

陸均只覺得迷迷糊糊，恍惚間，他突然冒出了個奇怪的想法。這個人頭像稜角雖然分明，但是卻很光滑，哪有可能割破自己的皮膚和肌肉。

然後眼前一黑，倒了下去……

第三章　DATE：五月二十六日凌晨六點四十三分　事態發展

聽孫曉雪講完，已經是兩個多小時以後了。

我和楊俊飛走出別墅的客廳，望著已經漸漸發白的東方天際，相顧無語了許久。

「那個黃憲村，你以前有聽說過嗎？」半晌，楊俊飛才打破沉默。

我搖頭：「與其討論那個村子，還不如想想那位冷靜得出奇的女大學生的故事裡，有多少虛假的成分。」

「小夥子，我發現你對人性極度不信任。你小時候是不是受過什麼刺激？」楊俊飛用特有的挖苦語氣道，「就我看來，她沒必要撒謊！」

我哼了一聲，不置可否道：「你活了這麼多年，不會一直憑直覺辦事吧？真不知道你怎麼活到現在的！」

「嘿嘿，這就不勞煩你操心了，很多時候我的直覺比女人還準。」楊俊飛乾笑了兩聲，「不過她的男友孫敖死得很蹊蹺。雖然警方對外宣稱是自殺，但是疑點實在太多了。碰巧，這件事我也稍微調查了一下。」

我皺眉：「說來聽聽。」

「首先，在發現他的屍體前，據說警方接過來自同一個地方的報案，然後派出了兩名員警去處理。

「但沒想到那兩人一去不回，警局直到晚上才發現，負責人緊張起來，連忙派了一大隊人馬過去，居然發現三具屍體。

「何伊的屍體在客廳，額頭上中了一槍，調查後發現，是派去的兩名警員中其中一人的配槍子彈。」

他點起一支菸：「孫敖陳屍何伊的臥室，背部中了一刀，切口整齊，兇手似乎完全沒有絲毫的猶豫。一刀直接刺入心臟位置，下手毒辣也很準確，準確到雖然破壞了心臟，但人卻不會立刻死亡，還會感覺到難以忍受的痛苦。真不知道兇手和他究竟有什麼深仇大恨！

「還有一個人的屍體，已經被燉爛煮成了油水很多的湯，看得法醫都差點吐出來。」

「就現場來看，應該是何伊殺了孫敖吧。奇怪，警方為什麼要對外宣稱他是自殺？」

「那就要問你的混蛋表哥了，那件案子由他負責。據說，直到現在那兩名最早抵達現場的警員都還沒找到。生不見人，死不見屍的。」

「是我表哥的案子？哼，有意思。」我托著下巴思忖起來，「就連傻瓜都不會把蓄意的謀殺當作自殺處理。既然他對外宣稱自殺，就一定有他的深意。嗯，會不會當時屋裡，不只何伊和孫敖兩個人？」

「沒錯，我也這麼想。根據警方的紀錄，報警的人正是孫敖。如果他和那兩名員警一起走進何伊的房間，根本就不可能有被害的時間和機會。」楊俊飛讚賞地點點頭。

「對！有可能那個人是最早和何伊在一起的人，孫敖報了警後，和員警一起去了何伊的住處。

「然後，遇到了某種讓員警不得不開槍打死何伊的狀況。警方將事情處理完畢後，一定會回報狀況，那麼就會出現一段時間的空白期，讓孫敖和那個人獨處。」

我緩緩地推論：「那個人應該是孫敖非常信任的好朋友，非常要好的朋友，所以才會毫無防備地背對著他，最後遭到殺害。」

「表哥或許也正是想到了這一點，才會故布疑陣，想讓兇手放鬆警戒吧。老男人，那群一起到過黃憲村的大學生中，誰還活著？」我將事情在腦中拼了個大概，抬頭問道。

「只有一個叫趙宇的男孩，不過，他失蹤了！」

「失蹤？大概就是他了。」我頗有深意地笑起來，突然想到了什麼，盯著老男人的眼睛問：「喂，你的直覺不是很敏銳嗎？你說，孫曉雪是個什麼樣子的人？」

楊俊飛想了想：「冷靜、聰明，應該是個非常有挑戰性的女人……」

剛說到這裡，他的臉皮猛地跳動了幾下，大叫一聲該死，急忙把菸扔到地上，身體像子彈一般射了出去。我的雙腳也沒閒著，飛快地衝向最有可能逃走，而且不會引人注意的位置。

剛跑到別墅右側的窗戶下，就聽見玻璃傳來「咯吱咯吱」的聲音，某人正想打開窗戶溜走。

我哭笑不得地向上望去，她也見到我，頓時保持右腿踩在窗沿上，兩隻手用力抓住窗側的姿勢，神色呆滯地和我對視。

「長夜漫漫，無心睡眠，不知曉雪姑娘這麼早想到哪去？」我厚顏無恥嬉皮笑臉地問。

「剛才坐在客廳裡有些無聊，突然想起自己忘了把盥洗用品帶來，就想著先回去一趟。」孫曉雪燦爛地笑著，滿嘴瞎話。

「不用那麼麻煩，這裡有許多備用品，隨便用，不要跟我客氣。」

「哪裡能讓小弟弟你這麼破費，姊姊我會過意不去的。而且用自己的比較習慣，你不知道，我這個人其實很戀舊。」

我們倆的視線在空中廝殺，就差沒有迸出火花了。

好一會兒，我才嘆口氣：「既然曉雪姊姊那麼不給本人面子，那就請便吧。」

孫曉雪的臉上劃過一絲詫異，似乎不相信我會那麼簡單就放了她。

「既然你都開口了，那我真走嘍！」她跳出窗戶，試探地向外走了幾步。

楊俊飛也走了過來，我朝向他使了個眼色，示意不要阻攔。

她走出了十幾公尺，正想開跑時，我大聲喊道：「曉雪姊姊，我突然想起一件事，妳見到孫敖哥哥的屍體時，有沒有發現什麼異常的地方？」

頓時，她全身的肌肉彷彿僵硬住，接著緩緩轉過頭，語氣有些顫抖：「他是自殺，警方也調查過了。我只是個平凡的女生，當然不可能看出什麼。」

「那麼趙宇呢？妳的這個好朋友真的只是失蹤而已嗎？姊姊那麼冰雪聰明，一定已經意識到某些東西了吧？」我帶著人畜無害的笑容道。

「姊姊，要知道一個人的能力是有限的。說到底，我和我的朋友圈都是你們那次尋寶的受害者，妳就這樣狠心把無辜的我們拋棄掉嗎？

「還是妳想靠自己的手報仇？老實說，這個世界實在很大，想要找一個人很難，不如大家合作，將各自的資源全都攤出來，然後各取所需。」

孫曉雪思忖著，臉上流露出複雜的神情，她緩緩舉步維艱地走到我面前，大腦正不斷地掙扎：「我能相信你嗎？」

「當然，我只是個普通的平凡小市民罷了，當然值得信任。」我保持著微笑。

「但是，你給我一種捉摸不透的危險感覺。我要你保證。」

「要怎麼保證？」我愣了愣，這個女人在搞什麼，她可不像個會相信保證或誓言一類人。

「拉勾！」原本情緒低落的她突然嘻嘻一笑，伸出右手小指和我的右手小指糾纏在一起，「拉勾上吊，一百年不許賴。」

然後她轉身走回別墅。

我被這一胡攪蠻纏的奇招弄得大腦混亂，許久才反應過來。然後看到楊俊飛這傢伙不斷打量我的頭頂和身後。

「混蛋！看什麼看，沒看過帥哥啊？」我罵道。

楊俊飛嘿嘿一笑：「我在看你的角和尾巴藏在哪裡。」

「滾！老子我不是惡魔，是天使，懂不懂？真是不上道！」本想踢他一腳，沒想到那混蛋身手矯健，身體一動就躲過了。

「下一步準備怎麼辦？」他望著已經亮起的天空問。

「具體來說，還是從青銅人頭像下手吧。這東西一共有六個，但在青山療養院裡分成了兩組。

「其中三個被我們在兩個多月後找到。」我想了想，「剛才稍微計算了一下，現在的六個頭像，有三個掌握在我們手裡，一個在警方手裡，還有一個姑且認為在趙宇手中。

「最後一個，應該在上次去聯誼的某個男生手裡，那個人究竟是誰呢？倒楣，都怪他長得實在其貌不揚，我完全都沒有印象！」

楊俊飛伸了個懶腰：「我來幫你解答好了。他叫陸均，第一中學的學生，三天前就死翹翹了。說實話，他的死法更詭異，手中握著那個人頭像，背部被整個割開，內臟全從後邊流了出來。室友在浴室發現他時，嚇得差點精神失常！」

「順便說一句。」像是想到了什麼，他又道：「何伊的房間裡，警方並沒有發現什麼奇怪的東西，包括這種人頭像。」

「那就要重新估量了。」我冷靜地思索，「現在唯一能確定的就是，凡是接觸過青銅人頭像的人都死了，那麼雨瀅恐怕也會有危險。不過人頭像卻被分成了三組，我方掌握三個，警方那邊一個，趙宇手中兩個。哼，有點麻煩。」

楊俊飛顯然明白了我沒有說出的言下之意，臉上帶著一絲苦笑：「我和你都接觸過那個危險的東西，孫曉雪也是。看來，我們都要有心理準備，免得被那種古怪力量侵蝕的時候措手不及。只是，搞不清楚那種詭異的力量會以什麼方式出現！」

「根據那麼多人的死法，可能是一種影響心理的力量吧，以後還是盡量少接觸它們。我想個辦法，找點什麼東西把它們裝起來。」

我心底稍微有了點打算：「你說趙宇為什麼會把人頭像拿走？你說，他的目的會不會也是這些人頭像？」

楊俊飛點燃一支菸，深深吸了一口：「可能性很大，臭小子，看來以後我們有得忙了。」

我搖頭，無奈地笑著。事情真的越來越複雜了！

陽光刺穿雲層，火紅的光芒將朝霞映得如同燃燒了一般。新的一天開始了……

※　※　※

DATE：五月二十六日晚上十點十七分

最近我的心情很好，因為遇到了一個命中注定應該遇到的人。原本是什麼都不想做的，但躺在沙發上又無聊得不知道該幹嘛。橫豎無聊會令人不知所措，還不如隨便走走發發牢騷。

我是個什麼樣的人？

從前許多朋友和同事都會問我。如今，我卻用這個問題來不停地問自己。

事業！對於事業，我的態度是什麼？

或許是一種無所謂吧。不知為何，不管做什麼，自己都有一種盲目的信心。不管做什麼，都能達到良性循環的高度。事實上，發展也正如我的信心一樣，盲目地向上竄。所以對事業，我無所謂，也無法有所謂，我可能不會暴富，但也絕對不會缺錢。正如這世上比我有錢的人多得像田裡的雜草，不過那些雜草做人卻絕對不會比我瀟灑。

而對於感情，有時候覺得自己似乎在等待什麼，所以三年多來，不管人生中有多少女孩慢慢走過，自己都無法去愛，不是不能愛，而是害怕。

我是一個愛上了就拋不下的人。對於愛情，我輸不起。我怕，怕自己遇到了可以愛的人，卻不能一生一世。

很多時候，我喜歡和自己最愛的人雙手糾纏的感覺，像心靈的相互纏繞，就那樣彼此感覺著對方的溫度和存在，戀著，愛著，悠然地度過一輩子。

一想到這裡就好怕，怕自己沒有辦法找到。怕自己承受不了再次的愛，再次被孤獨地遺棄在這個疲憊的世界……

所以，親愛的，如果妳真的在未來的某個轉角出現了，請永遠都不要扔下我。我會很愛很愛妳，賭上自己人生的愛妳，為妳買下整個世界。只是乞求妳，哪怕只有一秒，也要比我晚死。

我知道這很難，很自私，甚至是種一廂情願，但是我真的不願意再承受失去的苦痛。我的心臟實在負荷不起那種沉重了。

讀大學時，每個黃昏我都會迎著海風在沙灘上散步，而每天總能看到年屆古稀的夫妻推著自己這輩子最愛的那一半的輪椅。我經常覺得羨慕，然後幻想自己老去後，也能過這樣的日子。

所以素未謀面的親愛的，如果有一天妳真的突然出現在我面前，我會告訴妳，我將愛妳到妳不再愛我為止。愛妳到白頭偕老為止，愛妳到生命的盡頭為止。

我已經做好了愛上妳的心理準備，做好了一切。於是開始躺在沙發上，每天走到同一間咖啡廳，坐在同一個位置，喝同樣的咖啡，默默等待妳的出現。

有一種感覺，當我喝完三百壺薰衣草茶時，妳就會出現。

那麼再過一個月，或許不需要一個月，妳就真的會出現吧？

我等妳！

※　　※　　※

夜還不算很深，但整條路上卻沒幾個人影。高跟鞋孤寂的單調聲音毫無節奏地迴盪在四周，感覺特別的刺耳。

高霞穿著公司制服，腳步急促地趕著回家。

這是一條不太寬敞的馬路，不知是不是因為節電的緣故，路燈隔了好幾盞才勉強亮一盞，搞得人心惶惶。

女孩子的膽子大多很小，特別是一個人走在沒有人影的地方。這種時刻，除了自己的腳步聲，就連自己的心跳和脈動似乎都會聽得異常清晰。

到家前，還要經過一條路程五分鐘的小巷。那裡更加陰森，據說，曾有好幾名單身女性夜歸時被人攔路搶劫、強暴，甚至有個女生因為死死地拽住手提包不放，歹徒煩了，一刀刺過去，於是那女孩在花季的年齡凋零，聽到的人都非常惋惜。

從那之後，就有傳言夜晚的巷子裡鬧鬼，那個死去的女孩不甘心就那麼墮入黃泉，常常在暗處哭泣。

那條巷子近了。她停住腳步，小心翼翼地側頭向裡邊望了一眼，黑漆漆的，什麼也看不到。

高霞輕輕搖搖頭，用力地深呼吸幾次，這才緩緩地、試探性地將右腳伸了進去。

不管怎樣，原本回家的大馬路在整修，這條巷子就變成了必經之路，該死的市政府，不知道到底在規劃什麼，亂修路不說，路燈也不多弄幾盞。把老娘惹急了，乾脆寫幾封匿名信去投訴，搞翻幾個算幾個！

踏出了第一步，後邊的步履就容易多了，高跟鞋踐踏石板的聲音清脆得令人反感，四周果然很黑，比想像中的更黑暗。她無奈地掏出手機，按亮，當作照明的唯一光源，心裡不禁又開始搜尋洩憤目標。

該死的科長，本來上班族的生活應該是朝九晚五的，他居然心血來潮，自己把上週的統計計畫全部檢查一次。那個計畫雖然是自己接受的，但根本就不屬於老娘的工作範圍。

那混蛋根本就是在公報私仇，上次想佔老娘我便宜時，被自己拚命抵抗拒絕了，還狠狠地搧了他一耳光，沒想到這段時間就開始找些亂七八糟、雞蛋裡挑骨頭的爛理由為難自己。

結果今天一加班就搞到了現在，嗚，自己本來就很膽小，自從不能走大馬路後，一直都是早早就回家的。

倒楣，這條該死的巷子怎麼還沒走完？

四周如死般的寂靜彷彿時間都停滯了，空氣裡流動著腐臭以及噁心的尿騷味。絕對是那些該死的酒鬼憋不住了，跑進來亂撒尿。果然是個該死的鬼地方。

胡思亂想著，她的腳步也稍微有些紊亂，用右手捂住鼻子，高霞腳步不由得更快了。

突然，她的身體晃了晃，猛地停了下來。

剛剛自己似乎聽到了腳步聲，很輕微，但絕對不是自己的。因為那種腳步聲明顯是踩著自己腳步的節拍，而且聲音很小，感覺像平底鞋。

難道這條巷子裡並不只自己一個人？還有誰？是不是歹徒？該死，早知道就睡辦公室了！

高霞的身體僵硬得一動不動，頭緩緩地向後張望。身後只有一片黑暗，什麼都沒有。錯覺吧？八成是自己太緊張了！她拍了拍緊繃到快要麻痹的心臟，加快腳步向前走。

「啪嗒啪嗒」沒過幾秒，異樣的腳步聲又響了起來。

還是在身後，還是那麼微弱，卻很執著，彷彿自己是它的獵物，已經被死死地盯上了。

她緊緊拽住自己的手提包，也顧不上穿著高跟鞋很不方便，不要命地跑了起來。那腳步卻沒有跑，依然是不緊不慢，可是卻能跟上自己的步履，似乎還保持著同樣的距離。

該死！真該死！高霞害怕到有種想哭的衝動。

不知跑了多久，右邊鞋跟一偏，五公分高的鞋跟斷掉了，身體一時無法維持平衡，狠狠地摔倒在地上。

乾燥的地面帶著秋天特有的寒意，地上不知道堆積了多少垃圾，她顧不得那麼多，用力揉著摔傷的右腿。

不知道有沒有骨折，但那劇痛確實存在，也是那股劇痛，提醒著自己的大腦這不是作夢，身後可能有個變態殺人魔或該死的搶劫犯，在興奮地靠近自己。

她的包包還拽在手裡，但手機卻被甩在十幾公尺外。

怎麼辦？自己根本就無法移動……

望著在遠處散發著光亮的手機，聽著身後越來越接近的腳步聲，高霞咬了咬牙，用手拖著身體緩緩地向手機爬去。

不管怎樣，只要比那個鬼東西早一步拿到手機，然後報警，自己就贏了！

腳步聲依舊按照那個似乎完全不變的韻律響起，她拚命爬著，卻始終沒有那個該死的腳步快。

不過，近了，已經很接近了，只需要一隻手臂的距離就能抓住手機，這場惡夢，一定能結束。

她用力地向前一撐，將手機牢牢地抓在了手心。正焦急地準備撥打電話報警時，卻突然發現，那個腳步聲，居然完全消失了！

迷惑地側耳仔細聽了聽。真的不見了！那人究竟去了哪裡？小心翼翼地向四周張望了老半天，還是沒有看到半個人影。

怪了，難道一切只是自己的錯覺？

她用力地呼出一口氣，坐起身體輕輕按摩著自己受傷的腿部。

突然，一道富有磁性的男性聲音在她身前響起：「小姐，妳怎麼了？」

高霞嚇了一跳，好不容易放鬆下來的神經又緊繃起來，下意識地舉起手機就要砸過去。

「不要慌張，小姐，我沒有惡意！」那個男人將她的手抓住，然後將手機的光芒轉向自己，露出一個善意的笑容。

透過並不強烈的光芒，高霞總算看清了男人的臉，他很年輕，大概只有二十七、八歲。長相很平凡，但臉部線條看起來很柔和，讓人不由得生出一絲親切感，而且他的笑容很好看。

「我就住在前頭，剛剛路過時看到妳坐在地上。小姐，妳受傷了？」那個笑容很好看的男人，富有磁性的聲音也非常好聽，能輕易地讓人的心靈安定下來。

高霞深呼吸了幾次，小聲地說：「我沒事。」

「還說沒事，妳看，小腿都腫起來了。」他不由分說地將她抱了起來，「妳住哪裡，我送妳回去。」

她滿臉通紅，有些害羞地輕微掙扎了幾下，見對方鐵了心要送自己，才說了自己的住址。而心底甜甜想著，難道老娘走狗屎運，一不小心撞到了個絕世好男人？嘻嘻！

第四章 DATE：五月二十六日早晨十點四十三分 丟失的人頭像

樹林裡，我埋頭將土中的東西挖出來，打開後，卻不由得愣住了。

「你在找什麼？」楊俊飛好奇地蹲在我身旁，看著我臉上複雜的表情。

「是時間盒。雨瀅和許宛欣幾年前曾將一個時間盒埋在這裡，許宛欣死時，曾隱晦地提到這個東西，後來我們居然在盒子裡找到了一個青銅人頭像。

「有趣吧，埋東西的位置沒有挖開過的痕跡，時間盒也緊緊密封著，完全搞不懂那個人頭像是怎麼跑進去的。

「當時直覺地感到離奇，有種很危險的感覺。雖然我這個人不太相信直覺這些虛無縹緲的東西，但未知的東西畢竟有許多不可測的因素，特別是我實在弄不清的玩意，於是就將那個人頭像放回去。」

「你是說，六個人頭像的其中一個就在裡邊？」楊俊飛饒有興趣地翻了翻，「哪裡？我怎麼沒看到？」

我撓了撓鼻子：「其實，我也沒看到。」

他瞪了我一眼：「被偷了？不會那麼遜吧，掉進你小子嘴裡的東西怎麼可能吐得出來？」

我哼了一聲，臉色陰沉地掏出手機打電話。

「你幹嘛？」

「沒眼睛啊，打電話！」

「你覺得是謝雨瀅拿走的？」

我皺眉：「一定是她，雖然不知道為什麼，希望不要發生什麼危險才好！」

這個呆頭呆腦的小妮子，早就叮囑過她不要再動裡邊的東西了，特別是那個人頭像。沒想到她倒好，招呼都不打一聲就拿走。

怪了，雖然她平常很沒神經，但自己的話還是會聽，她身上究竟發生了什麼事？

連續撥了好幾通電話，最後，我臉色陰晴不定地將手機扔在地上。

「打不通？」楊俊飛抬起頭問。

「她關機了。這個死丫頭，究竟在搞什麼鬼，打家裡的電話也沒人接！」我暴怒的語氣裡透著擔心。

「那我們還待在這裡幹嘛！兵分兩路，你去請你的表哥搜查，我動用我的關係，盡快把她找出來。」他脫下外套，一把將滿地的東西全裝進去。

我朝自己挖開的坑洞望了一眼，黑漆漆的，雖然是陽光明媚的早晨，依然令人感覺到一種寒意。不知為何，心底漸漸有一種不祥的預兆蕩漾開……

※　※　※

DATE：五月二十六日晚上十點三十五分

高霞的家在十三樓。這棟大樓實在沒什麼值得誇耀的地方，一眼可見的缺點倒是一大堆。三十幾年的老大樓了，電梯常常出現「咯吱咯吱」的可怕噪音，讓人不由得產生一種會不會掉下去的感覺。

不過，身旁這個萍水相逢的男人卻讓她十分安心。

自從三年前和男友分手後，她就沒再和任何男性交往過。不是交不到，憑她中等偏上的姿色，光是公司就有一大堆如狼似虎的追求者。只是，她的內心充滿了對男人的不信任，上一段戀情實在傷她傷得太重了。

生命中有不可承受之輕，也有不可承受之重，那樣的情傷，她不想再嘗試第二次。但身旁這位在她危險時伸出援手的男人，似乎有些不同，站在他身旁，不會覺得不舒服，雖然他並不帥。

「小姐，到了。這裡就是妳住的地方？」男子抱著她走出電梯，在一道門前停了下來。

「啊，謝謝。真的很不好意思，麻煩您那麼久，手臂不會痠痛吧？」她心底一整個鬱悶，怎麼平時都不覺得這條路那麼短呢？

那個男子低下頭，衝她微笑著：「別看我這樣，其實我很強壯的。好了，安全送到，我也該走了。」話是這麼說，卻絲毫沒有準備放她下來的意思。

嘿，看來有戲！高霞暗喜，順勢賴在他懷中不下來，並掏出鑰匙將門打開：「既然都到家門口了，請進來喝一杯咖啡吧，就當謝禮。別看我這樣，其實我咖啡沖得滿好的。」

男子似乎猶豫了一下，最後點點頭，推開門將她抱了進去。

高霞的家很小，只有一房一廳，但是布置得很溫馨。

笑容很好看的男人將她放在沙發上，細心地脫去她的高跟鞋，問明了藥酒的位置，拿出來輕輕地幫她上藥，按摩了好一會兒。

「好了，妳下來走走。」

也不知道是不是錯覺，傷處居然不疼了！高霞詫異地走下沙發，試探性的小跳了幾次，果然沒有什麼異常，甚至就像從來沒有扭傷過。

難道是愛情能治百病？她甜甜地想，眼角小心翼翼地瞥了男子一眼，然後像個小女生般羞澀地飛快收回了目光。

「我，我去幫你倒咖啡。」她面紅耳赤地逃進了廚房。

那男人微笑著，走到窗戶前，默不作聲地望著窗外漆黑的夜空。好一會兒後，高霞才端著一杯熱氣騰騰的咖啡走到他身後：「給你。」

他點點頭，客氣地雙手接過去，卻沒有喝，只是看著她的臉。她頓時不好意思起來，心臟不爭氣地跳個不停，思緒也亂了。

該死，一般三流的連續劇裡，像這種萍水相逢的場面，發展到最後都會有床戲。難道這次真給老娘撞到了？可惡，自己真是個沒有羞恥心的女人，居然會有一丁點的期待感！

兩人各想心事，沉默不語。四周的氣氛變得越來越曖昧。

「那個，真的很抱歉，到現在都還不知道先生的名字。」她臉紅通通的，聲音稍微有些緊張。

男人笑了，爽朗地笑：「我也不知道小姐的名字呢。」

「我叫高霞。」她立刻報上姓名，這種狀況下，就算對方問她提款卡的密碼，她搞不好都會不假思索地說出來。

男人又沉默了，背靠在窗戶上，輕輕地聞了聞熱騰騰的咖啡，然後一飲而盡。

「小心，燙！」高霞嚇得條件反射地去拉杯子。然而那男人已經把杯子放在了窗沿上，咂巴了下嘴唇，呼出口熱氣，彷彿不過是喝了一杯完全沒熱度的涼水而已。

見他若無其事的模樣，她都開始懷疑自己是不是糊塗地用冷水沖咖啡，困惑地用手背碰了碰杯子，不對，根本就是滾燙的。難道眼前的這男人沒有熱覺？

那男人又背過身子望向窗外，深邃的視線彷彿穿透了夜的黑暗。

「小姐，聽過一首詩嗎？用來悼念亡者的詩。」

「對不起，我的國文一直不好。」高霞有點不明白他這段唐突的問句代表了什麼。

「葛生蒙楚，蘞蔓於野。予美亡此，誰與獨處？

「葛生蒙棘，蘞蔓於域。予美亡此，誰與獨息？

「角枕粲兮，錦衾爛兮。予美亡此，誰與獨旦？

「夏之日，冬之夜。百歲之後，歸於其居。

「冬之夜，夏之日。百歲之後，歸於其室。

「妳不覺得，這首詩很絕妙嗎？人死了，就真的死了。對已亡者的不絕哀思，深切思念，睹物使人傷感，悼亡更讓人悲痛欲絕。

「誰都明白死人不可復生，正如死亡本身是人生無法超越的大限一樣。然而，死者生前留下的一切，在心靈之中是那麼清晰，那麼深刻，那麼刻骨銘心，以致讓人無論如何都無法相信眼前的事實。」

那個男人的臉上，充斥著一種令人無法表達的複雜表情，高霞皺了皺眉頭，這個男人的神智是不是有什麼問題？

「小姐，妳不覺得嗎？最無情、最冷酷的恰恰在於，鐵一般無可更改和挽回的事實就在眼前，迫使妳必須違背自己的意願面對這冷酷的事實，沒有任何商量的餘地。」那男人越說越激動，雙手用力地握住了她的肩膀。

高霞嚇了一跳，向後退了一大步，警覺地道：「先生，現在已經很晚了，明天一早我還要去上班。您看是不是……」

那男人似乎也察覺到了自己的失態，撓了撓頭，有點抱歉地說：「對不起，剛才想到了一些往事，稍微激動了點。妳好好休息，我先走了。」

還算是個知道進退的人，雖然有點神經質。高霞裝出笑臉將他送出門，關上，用力地背靠在門上深深呼了一口氣。

可惜了，那麼好的一個男人，如果不那麼神經質的話，說不定能試著交往。

她疲憊地脫掉衣服走進浴室，將浴缸放滿水，倒了些剛買回家的薰衣草精油，舒服地泡入水中。今天一整天受到的氣，似乎在這一刻都煙消雲散，變得微不足道。她感覺眼皮很沉重，慢慢地睡了過去。

不知道過了多久，她迷迷糊糊地聽到一陣嘈雜的聲音。浴室的門似乎被打開，然後又關上。不知道自己是不是在作夢。

總之，她逐漸清醒。睜開迷濛的睡眼，模模糊糊地看到有個黑色的影子滯留在浴缸旁。

一定是在作夢，自己有將門確實地關好。高霞又閉上眼睛準備再舒服地睡一下。猛地，頭皮上傳來一陣刺痛，似乎有誰在用力地拉扯自己的頭髮。

她立刻醒了，睜開大眼睛，居然看到剛才送自己回家的那個男人，正帶著好看的慈善微笑，一眨不眨地盯著自己。

「你！你！你是怎麼進來的！」她驚恐地縮到浴缸的一個角落。

那男人依然人畜無害地笑著，右手抬起，她看到了一縷烏黑的長髮，是自己的頭髮。難怪頭皮會那麼痛。

她很怕，怕得不敢尖叫，害怕刺激到眼前的男子。這個傢伙肯定精神不正常，不知道刺激他後，會做出什麼可怕的事情。

「小姐，妳太不小心了。報章雜誌上不是常常告誡單身的女性，不要隨便開門請陌生人進門的嗎？妳為什麼就不好好聽？」那男人將手中的頭髮踩在腳下，笑著問：「是不是覺得奇怪，我剛才是怎麼進來的？」

見高霞只是怕得在眼前發抖，根本不敢發出聲音，他無趣地從口袋裡掏出一串鑰匙。

「謎底是我趁妳去倒咖啡的空檔，從包包裡偷走了妳的鑰匙。有趣吧，是不是很有趣？嗯！」

高霞嚇得哭起來，但只有流淚，不敢哭出聲音。

男人一把抓住了她的頭髮，狠狠地將她的頭壓進水裡：「說話！我叫妳說話！妳怎麼老是不肯說話！我對妳那麼好，妳說啊！妳說！給我說！」

硬生生地又將一把頭髮扯了下來，頭皮不堪重負，流出的血漸漸擴散開，染紅了整浴缸的水。

她痛得幾乎要昏迷了。男人再次抓住她的頭髮，將她從水中赤裸地拉出來，如爛魚般扔在地上，然後才走出門去。

高霞嚇得幾近麻痹的大腦稍微清醒了些。不行，一定要求救！

她掙扎著站上浴缸，朝浴室的氣窗向外望。這裡是十三樓，就算自己想不要命地跳下去也辦不到，窗戶實在太小了。怎麼辦？該怎麼辦？

她向四周望了望，然後抓起所有比較小的東西往窗外扔。香皂、洗面乳、香精、沐浴乳。老天，可憐可憐自己吧，就算希望很渺茫，也請隨便砸到誰頭上！

那男人走了進來，面帶微笑地看著她向下扔東西，不動聲色地表現得極有紳士風度。

「請問，需要我幫忙嗎？」他富有磁性的聲音，嚇得高霞從浴缸上狠狠地摔在了地上。頭部摔出了血，眼淚和黏稠的血混合在一起，順著水將地板抹了個稀裡糊塗。

「真是不乖的女孩子。我要懲罰妳！」

他舔了舔舌頭，左手亮出剛從廚房取出的菜刀：「先切哪裡好呢？嘿，小姐，妳不是不喜歡說話嗎？我們要不要來玩一個遊戲？如果妳先發出聲音，就讓我切一刀，如果我先出聲，就讓妳切我一刀。嘿，公平吧！」

還沒等她答應，那名男子已經猛地一刀切在了她的大腿上，將一片鮮紅的冒著熱氣的肉片了下來。令人瘋狂的痛苦立刻席捲了她的所有神經，她不由得呻吟出聲。

男人激動得如同小孩子般，一邊拍手一邊怪異地大笑：「妳輸了！妳輸了！哪裡，我這次要割哪裡？」

就在高霞絕望得想自盡的時候，門鈴突然響了起來。

她不知從哪裡冒出來的勇氣，瘋狂地大聲叫喊。男人皺了皺眉頭，一拳將她打暈，然後冷靜地將手洗乾淨，整理了下衣服，慢悠悠地走到門前，用貓眼向外望。愣了愣後，才將門打開。

門外站著一名其貌不揚的男子，手裡抱著一件大衣，大衣裡裏的全是高霞扔出窗外的東西。他嘴角帶著大感有趣的微笑，慢吞吞地道：「這個女人運氣真的很背，東西全砸到我頭上了。」

笑容很好看的男子冷漠地看了他一眼：「你來幹嘛？」

「沒什麼，只是通知你一聲，有幾個青銅人頭像的下落了。」

男子的臉上猛地劃過一絲瘋狂，陰沉沉地看了手中的刀一眼，又向浴室望去：「等我三十秒，很快就好。」

漆黑的天幕上，有一顆流星劃過天際。

有人說，每一顆星星的墜落，都代表著一個受盡冤屈以及遭凌辱而死的人的靈魂。

或許是吧，至少今夜，變成了事實……

※　※　※

DATE：五月二十五日凌晨五點十三分

謝雨瀅一個人走在黑洞洞的隧道裡。她究竟是從什麼時候走進這裡的？早就忘了，或許自己一直就在這裡，一直都不曾出去過吧。

心裡似乎裝著一個人，一個自己對他感情很複雜的人。不知為何，自己好像在擔心他。

雖然記不起他的名字，甚至性別，但當自己獨自走在這條伸手不見五指的隧道時，就會想起他，就會產生一種，他如果能在自己身邊陪著該有多好，或許遇到再恐怖的事情，都會變得無所謂的感覺。

四周實在很黑，她只能憑著直覺向前走。

怪了，既然自己根本就看不見周圍的景象，那麼自己又是怎麼清晰地知道，這裡是一條很長很長的隧道呢？實在是有夠怪異的想法。

她穿著高跟鞋，雖然見不到，但她很清楚腳上的那雙鞋子是紅色。五公分高的紅色高跟鞋在這條幽深的隧道裡，每踏出一步都會響起空洞的回聲。孤寂的聲音向四面八方蕩漾開，產生漣漪，然後逐漸散去。

彷彿這個世界唯一的生物，就剩下自己這個弱女子了。

弱女子？女子又是什麼東西？自己為什麼記不起來了？

好奇怪。

高跟鞋隨著她的步伐不斷地發出有節奏的聲音，突然，有一陣異響從身後傳來，飛快地向自己靠近，越來越近了……

那道聲音十分刺耳，如同尖細的指甲在不斷刮著牆壁一般的尖銳。謝雨瀅痛苦地捂住了耳朵，但絲毫沒有用處，那聲音似乎無孔不入，透過指縫甚至頭皮直接掠過耳膜，像一根鋒利的刺，狠狠地刺進了大腦中。

她癱倒在地上，就這麼暈了過去。

不知過了多久，又聽見一個聲音，是哭聲，十分哀怨的哭聲。

那穿透性極強的哭聲中，帶著一絲熟悉的感覺，自己似乎認識哭泣的人。

「宛欣？是不是宛欣？妳不是死了嗎？」自己急促的喊叫脫口而出。

奇怪，宛欣是誰？自己不是什麼都不記得嗎！還有死了，究竟是什麼狀態？

一團柔軟得如同棉花糖似的光芒，隱約浮現在謝雨瀅前方不遠處。那白色的光點是視線所能觸及的唯一一點可視光源，但那光源十分怪異，不像其他光線一般擴散，而是如同水滴一般墜落，落在地上，然後融入泥土中。

光芒包裹著一個身影熟悉的女孩，她全身赤裸，蜷縮著身體低頭抽泣。

「喂，是宛欣嗎？是妳嗎？」她走了過去，伸出手想要觸碰那團光亮，但碰觸到時卻感覺空蕩蕩的，什麼也沒有抓住。然後，喉嚨又不聽使喚地說出了一段問句。

「青銅人頭像。雨瀅，不要碰青銅人頭像。」那團光芒裡幽幽地飄蕩出這團聲音，迴盪在耳道中，經久不絕，如同帶著莫大的哀怨。

「什麼人頭像啊？」雨瀅迷惑地問。

「就是這個！」光芒中的女孩猛地抬起頭，一張稜角分明，斑駁中生著綠銅鏽的臉露了出來。

※　※　※

謝雨瀅猛地從床上坐起，心臟還在因那個惡夢狂跳，幾乎要崩裂了。

好真實的夢，自從幾天前和夜不語一起挖出時間盒，找到那個青銅人頭像後，這個夢就突如其來地侵入了自己的睡眠世界，每天晚上都會作，而且劇情居然還完全一樣，就像電影似的。

回憶起有許宛欣聲音的那顆青銅人頭，她打從心底升起一陣戰慄，實在有夠可怕的。看看床頭的鐘，才凌晨五點十三分，這個夢似乎一直都精確地在五點十三分結束，精確得令人害怕。

難道，這真的是自己最好的朋友顯靈，在夢中向自己暗示什麼？有可能！她一向迷迷糊糊的頭腦，從沒有像此刻這般清晰。

最近發生的很多事情，如同閃電一樣從腦海中劃過。青銅人頭像……對，就是青銅人頭像！自從那次聯誼發現了青銅人頭像後，分到頭像的人先後死去，宛欣、錢墉……

還有，那個人頭像究竟是怎麼神不知鬼不覺地跑進時間盒裡去的？難道所有的一切，都是那個造型古怪的人頭像在搞鬼？難道這世界真的有神秘不可解的事物，例如詛咒？

謝雨瀅突然全身一震。

不行，阿夜會有危險，他那麼好奇，一定會拚了命調查這件事！宛欣不是在夢裡不斷叮囑自己，不要接觸青銅人頭像嗎！

難道只要接觸那個人頭像就會被詛咒？

不行，絕對不能讓阿夜被詛咒，還不如把它挖出來，找個地方扔掉。

她暗自打定主意，事不宜遲，最好現在就動手，免得讓阿夜接觸到。

穿好衣服，謝雨瀅向窗外望了一眼，才剛過凌晨五點，屋外仍一片漆黑，就像一隻可以吞噬一切的怪獸。

不怎麼膽大的她不由得打了個寒顫。咬了咬牙，從雜物間找出折疊鏟，推出自行車，向埋著時間盒的地方騎去。

黑暗漸漸將她的身影吞沒，謝雨瀅又打了個寒顫，一絲不祥的感覺緩緩浮了上來。

第五章 DATE：五月二十六日下午一點二十九分 彼岸花

兩個多小時後，我和楊俊飛在別墅碰面。

「情況怎麼樣？」我見他慢悠悠地倒了一杯紅酒舒服地躺在沙發上，氣不打一處來地問道。

「該聯絡的人我都聯絡了，這兩天見過你家謝雨瀅的人，都在打探的範圍內。不過，需要一點時間。」他晃了晃杯子。

「究竟需要多久？」我眉頭大皺。

「這就不清楚了，至少也需要半天。」楊俊飛抬頭望了我一眼，「你這麼焦急幹嘛？難道警局那邊不順利？」

「當然不順利了。哼！夜峰那個混蛋根本不理我，居然還說像這種曖昧不明的失蹤情況，至少也要七十二個小時才受理！」

其實我也是急昏了頭，居然連這點常識都忘到了九霄雲外，現在死不認帳，乾脆遷怒到可憐的表哥頭上。

楊俊飛的臉上浮出一抹怪異的微笑，彷彿早知道情況會變成這樣。我狠狠瞪了他一眼，坐在對面的沙發上。

「臭小子，你平時不是很聰明嗎？怎麼，到現在你還沒發現我們最應該做的一件事情？」他將酒杯放到了桌子上，慢吞吞地說。

「什麼事？」我沒好氣地問。

「謝雨瀅的家，我們好像還沒去調查過。」

頓時，一道閃光照亮了大腦，果然是關心則亂，居然忘了那麼大的一條線索。

一直以來，因為青銅人頭像帶來的謎團以及各種詭異的死亡，都讓我先入為主地產生了一種接觸的人都會有危險的想法。就是這種想法，令自己在打不通謝雨瀅的手機，家裡的電話也沒人接時，就焦急地認為她陷入某種危機中。

或許，她不過只是貪睡而已，那小妮子本來就不算勤快人，還喜歡賴床，越想越有可能。這世間哪有那麼巧，真有那麼多的怪異事件！

雖然是這麼想，但內心深處依然有種強烈的不安感。我猛地站起身來，大叫了一聲：

「老男人，我們走！」

※　※　※

謝雨瀅住在市中心，先前幫她裝電腦時去過一次，某棟大樓的十三號十三樓，在西方國家，是很不吉利的數字。

進門時警衛在打瞌睡，我們沒什麼阻礙地就搭著電梯到了她家門前。按響門鈴，但許久都沒人出來應門。

「怪了，就算雨瀅不在家，她父母也應該有一個人在吧。她老媽可是家庭主婦，一般家庭主婦在這個時間點，不是看三流的連續劇重播，就是睡午覺。實在太奇怪了！」我咕噥著。

「直接進去看看。」楊俊飛的行動十分乾脆，他不動聲色地向四周張望，然後用身體擋住監視器，掏出了一把偷雞摸狗專用的萬能鑰匙。

我心領神會，裝作不經意的樣子將監視器的監視範圍完全堵死。這個陰險的老男人，不到十秒就把門打開了。

「有人嗎？」走進去，關上門，換了拖鞋，我喊了一聲。心裡暗想，如果真有人的話，現在碰到，就推說是門沒鎖好，反正大家都見過，至少不會落入入室搶劫的尷尬情況。

等了一下，又試探地叫了幾聲，完全都沒人應，家裡果然沒人。

我和楊俊飛對視一眼，他迅速地來到客廳，仔細地左右掃視起來。

我也沒有閒著，打量起了地面以及四周。

客廳很整齊乾淨，應該是謝雨瀅的老媽，那位可敬的家庭主婦盡職地履行自己的義務。怪了，木地板上怎麼有鞋印？

我蹲下身子，用手指比劃了下腳印的大小。不大，只有三十四碼，旅遊鞋，應該是屬於女孩子的。

難道是謝雨瀅？但為什麼她回家後沒有脫鞋，就穿著滿是泥巴的鞋子往裡邊走？不對，腳印很凌亂，應該是遇到了什麼緊急的事在拚命地跑才對。究竟她遇到了什麼事，讓她如此慌張？

微微皺了皺眉頭，我的視線順著鞋印的走向延伸開。果然，那兩行行跡倉卒的鞋印在謝雨瀅的房間前終止。

楊俊飛顯然早就注意到了這些腳印，問道：「那是她的房間？」

我微微點了點頭。

「你怎麼看？」他沒有進門，只是抽出一根菸，也沒點燃，就那麼含在嘴裡。

「這些鞋印透露出很多資訊。」我也沒急著進去，只用手摸著門旁的牆壁，眉頭緊皺。

「其他的你應該都清楚，我就不多說了。最重要的一點，這個腳印只有進，沒有出。她會不會就在房間裡？但如果她在家，為什麼敲門、打電話都沒有反應？還是她換了鞋子才出去，所以沒留下出門的鞋印？」

楊俊飛用力咬了咬香菸：「沒錯，還有一點，看整個家的打理狀況，看得出你家謝雨瀅的老媽有輕微的潔癖，有潔癖的人，應該無法容忍家裡亂糟糟的。

「但地上的泥巴已經乾掉了，表示這些鞋印在這裡至少一天了，她老媽為什麼還沒有打掃乾淨？我前些日子順便調查過謝雨瀅的家庭狀況，他們最近並沒有要出去旅遊的計畫。」

他從沙發上拿起一個公事包：「應該在家的居然不在家，應該上班的卻連公事包都沒有拿。實在太奇怪了！」

「你懷疑，其實他們一家三口都在家裡？」我用力看了他一眼，「但由於某種原因，他們無法對外界的情況做出反應？」

「非常有可能！」楊俊飛瞥了一眼主臥室，「要不要先進父母的房間看看？」

我毫不猶豫地點點頭。老實說現在的狀況，確實讓我很好奇，而且十分擔心。如果不徹底搞清楚的話，心裡只會更焦躁不安。

謝雨瀅家的主臥室在客廳的東角，連著書房。此時，房門緊閉著，但沒有鎖。楊俊飛躡手躡腳地轉開門把，推開，只看了一眼，全身都僵硬了。

我在他身後推了他一下，但他依然呆滯地愣在原地，一動也不動。

我只好用力將他推開，走進去，頓時，我也呆住了。

只見伯父伯母穿著睡衣，背靠著床頭櫃半坐在床上。他們睜大著雙眼，一眨不眨地死死看著我們，臉色陰沉，似是要發怒。

「啊！伯父伯母，好久不見，我是夜不語，上次來過的那個夜不語！」我手忙腳亂地大聲解釋，「對不起，很冒昧地闖了進來。但您二位也太不小心了，大門居然都沒關好……」

說著說著，我感覺不對勁起來。怎麼死死盯著我們的那兩位居然沒有絲毫的反應，就只是看著我們，眼神裡帶著說不清道不明的感情色彩，也沒有任何想開口說話的跡象，就那麼一動不動地坐著。

主臥室的氣氛頓時變得十分詭異。

我們四個人互相對視，過了許久，楊俊飛才回過神：「好可怕的眼神，剛才我全身的神經都繃緊了，還以為要被殺掉了！」

「他們還活著嗎？」我心裡有些擔心，快步走過去，迅速檢查起來。

還好，有微弱的心跳，體溫只比正常人低一些，除此之外看不出有任何外傷以及其他症狀，不過，至少還健在。

這裡究竟發生了什麼事情，看他們的表情，也不像是驚嚇過度而變得痴呆，況且就算是痴呆了，身體也不會呆滯得如同整個人的時間都凝固在了某一刻似的。

不好！雨瀅會不會也變成了這樣！

我慌張地衝出門，跌跌撞撞地朝謝雨瀅的房間跑。

她臥室的門也沒有關，但是裡邊空空蕩蕩的，並沒有人。

帶著泥巴的鞋印確實延伸進了臥室，然後在床前消失。床上的被褥凌亂，拉開後，床單上還有乾掉的泥土塊。

想像得出來，她一定是看到了什麼令自己恐懼的東西，一路跑了回來，然後鞋也不脫地跳上床，慌亂地拉過被子將全身都包裹起來。

但是她人呢？究竟到哪裡去了？

我四處掃視，趴在地上仔細搜索著哪怕只有一點一滴的線索。顯然楊俊飛也理不出任何頭緒，他的行為模式和我差不了多少。我們就那樣不聲不響地趴在地上，悶聲在這塊不到二十平方公尺的地方，十公分、十公分的搜查。

不知過了多久，突然楊俊飛「咦」了一聲，站起身來。

「這個東西，似乎有點印象！」他的右手大拇指和食指中間夾著一朵綻放出妖異濃豔得近乎紅黑色的花朵，彷彿將手都染成了觸目驚心的如火、如血的赤紅。

我毫不客氣地搶過來，打量了幾眼說道：「這是彼岸花。」

「彼岸花，名字聽起來很熟悉。」楊俊飛愣了愣，撓著頭思忖著。

「白痴！彼岸花，西方叫做曼珠沙華，又稱為 Red Spider Lily。它大多生長在田間小道、河邊步道和墓地，所以別名也叫做死人花。

「一到秋天，就會綻放出妖異濃豔得近於紅黑色的花朵，整片的彼岸花看上去便是觸目驚心的赤紅色。」我注視著手指間的花朵。

「想起來了！」他用力打了個響指。

「你說的彼岸花屬於石蒜科，是希臘神話中女海神的名字。因為石蒜類的特性是先抽出花萼開花，花末期或花謝後出葉。還有一些種類是先抽葉，在葉枯以後抽萼開花，所以才有『彼岸花，開彼岸，只見花，不見葉』的說法。

「東方有傳說它們是生長在三途川邊的接引之花，花香有魔力，能喚起死者生前的記憶。但為什麼會出現在你家謝雨瀅的房間裡？」

楊俊飛再次打量房間：「難道謝雨瀅最後去的地方，就是這個城市某個有彼岸花的地方？很有可能，如果是花卉園之類的地方，也就可以解釋為什麼她回來時腳上全是泥巴！」

我不置可否，眼睛一直默默注視著這朵花。

彼岸花，一般認為是生長在三途川邊的接引之花。春分前後三天叫春彼岸，秋分前後三天叫秋彼岸，那是東方漢文化圈掃墓的日子。

彼岸花開在秋彼岸期間，非常準時。但是現在，根本就不到開花的季節，而且也沒有聽說這個城市有栽培彼岸花的基地。

「喂，臭小子，你究竟在想什麼？」楊俊飛用力搖了搖我的肩膀。

「我們現在分頭行動。你去打電話叫救護車將房間裡的兩個人弄進醫院治療，我利用我的關係網查一下這個城市所有可能有彼岸花的地方，找到了，說不定能弄清楚謝雨瀅究竟消失到哪裡去了！」

雖然他安排得很有道理，而且眼下的情況也只能這樣做。但心底不安的感覺卻更濃重了。真的會像他說的那麼簡單嗎？

謝雨瀅應該是在一天前消失的，可是整個房間裡都沒有她離開的痕跡。房間裡也沒有她換下的鞋子，大門亦沒有強行侵入的跡象，整個情況就只能用詭異二字來形容。還有她的雙親，除了知道仍活著以外，身體的狀況一概無法了解。

這件事，恐怕還是和那個被雨瀅拿走的青銅人頭像有著莫大的關係。不行！應該換一種行動方式！

「老男人！」我大叫了一聲。正準備出門的楊俊飛嚇了一跳，轉過身鬱悶地望向我。

「幹嘛？」他沒好氣地問。

「或許我們只有三個小時來處理謝雨瀅的問題。」我看了看手機上的時間，「下午五點，你必須要到別墅來跟我會合。」

「有什麼事情那麼重要？」他的表情稍微正經了一點。

「我們買些東西，然後潛入證物處，將裡邊的青銅人頭像全偷出來。我打探過了，證物處今晚只有一個人值班，是警備最空虛的時候。」

「那你的謝雨瀅怎麼辦？」楊俊飛問道。

「她的事情如果在三個小時內還沒有頭緒的話，就全部放下，先將人頭像偷出來再說。」我的臉上流露著毅然的表情，拳頭緊捏得手都快流出血來。

楊俊飛愣了愣，嘻然一笑：「你果然是個夠冷血的人，媽的，夠令人討厭！」

我皮笑肉不笑地扯出一點笑意，低頭再次望著手中的彼岸花。紅黑色的花朵散發著令人厭惡的怪異氣息，彷彿真的能將人接應至三途川上似的。

這一切的一切，真的和那些人頭像有關嗎？如果有，那事情就真的麻煩了！

或許謝雨瀅現在的境地十分微妙，甚至到了一個完全無法了解的地方。不管怎樣，多拿到幾個人頭像，就多一分救出她的把握！

※　※　※

DATE：五月二十六日凌晨十一點四十二分

「我查到了，以前被我的同伴藏在青山療養院中的人頭像，被一群高中生找了出來。那群高中生有三個死於非命，現在的人頭像應該三個都留在警局的證物處。最後一個在孫曉雪手裡。」

一個黑暗的倉庫中，趙宇對著面前的兩名男子緩緩地說著話：「孫曉雪手中的那個暫時不用去管，反正那女人遲早會死。我還查到，今晚守證物處的兩名警員其中一個請假，這就是機會。我們可以趁機把人頭像偷出來。」

他身前的兩人不聲不響，只是默默聽著。趙宇嘴角露出一絲怪異的笑容：「李睿，還有你，彥彪。怎樣，現在的生活還會覺得無聊嗎？」

李睿？彥彪？這兩人正是不久前出現在高霞房中的男子，更是前幾天報紙上的風雲人物。

一個趁著妻子熟睡時，用菜刀將妻子身上所有的肉一刀一刀割下來，剔得乾乾淨淨只剩下一副泛著血紅骨頭的瘋子。一個是手持黑市高價買來的槍枝，將所住樓層的所有居民全殺光的殺人魔。

李睿微微笑起來：「當然不會無聊，真是很有趣，越來越有趣了！」

彥彪也笑著，以右手如同情人般緩緩地撫摸著放在左手掌心中的人頭像：「你說過找到那個寶藏，會有更多比這些青銅人頭像更有趣的東西。既然這樣，就算殺光全世界所有的人類，我都會將那個寶藏找出來！」

「那麼，我們再來討論一些現實的問題吧。」

趙宇抽出一些資料分給兩人：「前幾天我殺了三個人。一個是我最好的朋友，還有兩個是員警。沒想到，第二天報紙裡居然變成是孫敖自殺，應該是警方故意放出的煙幕彈，以為我會放鬆警惕。哼，果然都是些白痴。

「但不管怎樣，警方一定已經把我列為重要關係人，只要我一不小心出現在某個地方，非常可能會被逮捕，所以這次行動，以你們兩個為主。」

他翻出資料，用手指彈了彈：「證物處在東門楊柳大道警局的二樓，左邊數來第四間房間。那棟大樓以前是國土局，所以市圖書館就有平面圖。你們手裡是我弄來的平面圖，先看看。仔細想想，該怎麼不被發現地潛入。」

李睿看了幾眼，慢吞吞地道：「那個警局我以前去過，一共有前後兩棟大樓。看平面圖，證物處在後棟。警局大門的燈光暗淡，只要我們穿著老大你弄來的那兩套警服，應該很容易混進去。」

趙宇點了點頭：「警局大廳在前棟的一樓，而兩棟樓都只有三層樓高。警局夜裡值班的人相對少，也沒多少人守夜，那些白痴員警更不會想到，居然有人敢去警局裡偷東西。這點倒是對我們的行動有利。」

「但關鍵是，我們要怎麼才能悄無聲息地穿過前樓，到後樓去？」

彥彪不假思索，斷然道：「穿了警服從正門走進去。如果遇到阻攔，就用最快的速度解決他們。」

「白痴！」趙宇撇了撇嘴，「你知道平時有多少人在警局值班嗎？而且還是總局，怎麼樣也至少有二十個帶槍桿子的混蛋，像我們這麼普通的良好市民，怎麼可能和那些帶槍的混蛋鬥！」

「我們似乎並不是什麼普通人。」彥彪狀似隨意地拋著手中的青銅人頭像。

趙宇的話戛然而止。

對啊，他們如今並不算什麼普通人，更不是手無縛雞之力的平凡市民。嘿嘿，看來今晚會變得很熱鬧。

「凌晨一點整，我們準時出發。」

※　※　※

DATE：五月二十六日夜晚九點三十三分

「繩子？」

「買了。」

「IC卡？」

「有了。」

「雨衣？」

「買了。」

「……」

夜晚的別墅裡，我打開了客廳的大燈，正仔細整理著今晚行動需要的東西。

楊俊飛百無聊賴地坐在沙發上喝紅酒，許久才忍不住問道：「我說臭小子，請問你買這些東西幹嘛？郊遊？」

「當然是去偷東西！」我頭也不抬地繼續整理。

楊俊飛立刻來勁了：「偷東西？就用你手裡那些亂七八糟的便宜貨色？」

「廢話，不懂小兵立大功這句話的意思嗎！我們今晚可是準備去警局偷東西，那不是兒戲！」我將桌上整理好的東西統統塞進一個大行李箱裡。

楊俊飛愣了愣，用手指指著自己的臉：「為什麼不問問我的意見？不是我自豪，偷東西我至少比你有經驗！」

我的所有動作頓時完全停滯，許久才敲了敲腦袋：「對啊，說起偷雞摸狗的勾當，我確實沒你擅長。靠，又犯傻了！」

楊俊飛惱怒地瞪了我一眼：「懶得和你扯。給我警局的平面圖，我會安全地把你帶進去。」

我不爽地從資料袋裡掏出幾張紙遞給他，趁他看得聚精會神的時候解釋道：「我們要去的是本城的警察總局，今晚值班的員警粗估有三十六個。不過很幸運的是，警局裡不會有人巡邏。至於我們的目的地，當然是證物室。」

我用手指點在平面圖的一角：「這個警局分為前樓和後樓，佔地大約一千一百坪。證物室在後棟二樓左邊數來的第四間房間。這個鬼地方在改成警察總局以前，曾經是國土局。

「你也知道，國土局向來有錢，肥得很，為了體現自己體制的透明化，居然所有樓層都用塑鋼玻璃，真是厚顏無恥，除了大門和幾個安全出口外，根本沒辦法進入。」

「窗戶呢？」楊俊飛一眨不眨地盯著圖問。

「當然考慮過了。很不幸，當時採用跟醫院一樣的半封閉式設計，打開的窄縫就連六歲小孩都不見得進得去。」

「靠！現在的公家機關，果然油水很多。」他用手指順著路線一路滑過去，在後樓的大門口停住了，「有沒有下水道的分布圖？」

「聰明！」我翻出一張圖遞給他。

「我也想到了走下水道的方法。畢竟走上邊太危險了，雖然沒人巡邏，但監視系統完備，更重要的是我根本不能曝光。沒辦法，本人實在有點出名，應該所有人都認識我，就算遮住臉，身形也有可能被表哥認出來。

「順便說一句，今晚他也要值班，一定要小心小心再小心！那傢伙可是隻狐狸，被逮到就全完了！」

楊俊飛研究了許久才抬起頭，翻了翻我準備帶的東西：「我看你才是隻狐狸，所有的可能性居然都考慮到了。哼，什麼時候出發？」

「證物室的值班人員大概十二點左右走一個，剩下一個就容易解決多了。」

我緩緩道：「凌晨一點行動最好，那個時間正是人最疲憊，最容易放鬆警戒的時候！而且最近警局在試驗干擾器，今晚那個區域沒辦法用手機，到時候剪了電話線，就更有把握了！」

微微嘆了口氣，我用力倒在軟軟的沙發上。為什麼還是那麼心神不寧，難道今晚會出什麼意外？

「對了，剛才就注意到。」楊俊飛突然問，「你什麼時候換了高領？早上還是薄T恤衫。」

「我冷，不行啊！」我皺了皺眉頭。

手摩挲著脖子。唉，這個青銅人頭像，果然越來越麻煩了！

第六章　DATE：五月二十七日凌晨一點整　暗夜殺機

「有趣，真的很有趣。」彥彪擦著手槍，不知道因為什麼而暗爽。

趙宇和李睿抬頭看了他一眼。

「不想知道我為什麼那麼開心嗎？」他望著準備妥當的兩人。

夜色低沉，也很壓抑，對面的警察局燈火通明，但幾乎沒有人出入。

「那……你幹嘛那麼開心？」李睿把玩著手裡的青銅人頭像。

「因為，嘿，我突然想起昨天早晨殺的一個男人。」彥彪像個做了好事的小孩子似的，神色激昂，「你們要不要聽？想不想知道？」

趙宇有些無奈，「說來聽聽。」

「嘿嘿，昨天，就是那個天氣並不算太好的禮拜天，甚至可以說有點冷，是個不太適合散步的日子。好吧，我承認我是個古怪的人，不過在那種日子逛街的怪人也不少。街上熙熙攘攘的，意外地很有人氣。」彥彪得意得滿臉通紅。

「於是我一個人跑出去溜達。期間的事情懶得講，全部省略。總之出了超市，沒走多遠，我看到了一個男人。

「那男人大概三十左右，穿著黑色的夾克，衣冠端正，黑色的皮鞋擦得很亮。他蹲在地上，用粉筆艱難地在地上寫了一行字，很潦草的一行字：『請各位好心人施捨一點買飯、打電話回家的錢。』

「字寫得並不好，甚至有點扭曲。他只是蹲在地上，頭埋著，眼睛一眨不眨地望著自己寫的那行字。來來往往的路人從他身旁經過，那些人笑著，打鬧著，熱鬧又擁擠。

「他只是蹲在那裡，在那條繁華的街道中央。人群如同流水一般流到他身前，接著就像撞到礁石般，分開，再聚攏，依舊笑著，打鬧著，以他們自己先前同樣的步伐，不疾不徐地離開。

「我像千百個從他身旁經過的路人那樣，好奇地看了他一眼。就一眼，心靈卻稍微有些觸動。

「他衣著整潔，不像那些假扮成殘障或拖兒帶女的可憐人之類的騙子。他身前寫字的地面已經模糊了，那行字似乎被他寫好又擦，擦了又寫。

「他的內心在掙扎些什麼嗎？或許有吧。

「兄弟們，你們說現代的人是不是都很奇怪，乞討的人如果不打扮得足夠觸動他們心底那根被稱之為同情的弦，就怎麼樣都不願意伸出援手。何況是那種穿著打扮比許多人都好得多的那個蹲在地上，一直不敢抬頭的男人。

「所以無論他把身前的字擦掉幾次，再寫上幾次，身前依然空蕩蕩的。沒人會伸出援手，最多像我一樣，好奇地看上一眼，然後走開，下一秒就將他的身影徹底遺忘。

「他遇到了什麼困難？看樣子像是在外地出差的人，難道他被騙了？還是他身上所有的東西都丟了？沒有剩下任何一分錢？

「於是我又折了回去，在他身前輕輕放了一塊錢。那個男人依然低著頭，沒有像其他乞討者一般說『謝謝』，沒有任何表示，只是那麼蹲著，默默地蹲著。

「我衝他笑了笑，轉身準備離開，突然有人驚訝地大聲叫起來：『他哭了，你看，那個人居然哭了！』

「那個男人真的哭了。他蹲著，一聲不吭，眼淚就那麼流了下來。

「我很沮喪。一個男人的眼淚，就算到山窮水盡時也不會無故地流出。或許那個男人已經走投無路了，但只要是男人都有尊嚴。於是我掏出槍，在拐角的地方，瞄準他的腦袋扣動了扳機。

「你們沒看到，血紅的腦漿全噴了出來，那些假惺惺地突然良心發現向他圍攏給錢的人都被濺了一身。好爽，想起來就爽得渾身發抖！」

彥彪用力地抱住自己的身體，臉上洋溢著幸福的笑。

趙宇耐心地聽著，看了看錶，然後衝兩人示意：「按計畫，準備開始行動！」

※　※　※

DATE：五月二十日凌晨一點十一分

「臭小子，不過就小小地失個戀而已，幹嘛一副要死要活趕著奔喪的表情！」夜峰蹺著二郎腿坐在警局裡加班，大概是被手下那個抱著前女友照片猛哭的混蛋吵煩了，乾脆站起身倒了杯咖啡給他。

「但是她居然跟我提分手！我……嗚嗚，我對她那麼好，每個月的薪水全都交給她了。逢年過節還送禮給她父母，靠！我對自己爹娘都沒那麼好。」那傢伙哭得更委屈了。

「靠，宋飛你小子還是不是個男人！」夜峰用力地拍在他肩膀上，「女人又不是單純對她好，她就會死心塌地跟著你！像你嫂子，我也沒怎麼對她好，她還不是眼巴巴地跟著我轉。」

「嗚……嫂子那種奇女子，是少有的狠角色，我們只是普通人類而已。」宋飛可憐兮兮地哭得更大聲了。

「雖然這句話像是在恭維，但怎麼越聽越不爽？算了，你才剛分手，本絕世帥哥不怪你。」夜峰一臉不爽，又用他的熊掌狠狠地拍了某人的背幾下，一副有仇報仇沒事打著玩的德行，「來，喝杯咖啡，開心一點。」

宋飛抽泣著，用雙手端過熱騰騰的咖啡：「我都這樣了，怎麼高興得起來……」

「嘿嘿，你嫂子有一句經典名言，她經常在我不開心的時候說，一個人的快樂，不是因為他擁有的多，而是因為他計較的少。

「女人嘛，這個世界上多的是，走了一個，還會遇到其他更好的女人嘛。要知道，一個不愛你的人離開了，根本就是一件值得高興的事情。」夜峰靠在桌子上，挖空心思開導自己的屬下。

宋飛愕然地抬起頭，像在看怪物一樣地盯著他看，幾乎都忘了自己在哭了。

夜峰摸了摸自己的臉：「幹嘛？有眼屎？」

「不是！」他像是渾身長了雞皮疙瘩一般，打了個哆嗦，「隊長，你的神經不是一向都跟桌腳沒什麼差別的嗎，什麼時候變那麼纖細了？難怪有人說，愛情能夠改變一個脾氣比冥王星的寒冷度更糟糕的人，果然是真理！」

「靠你個老子！帥哥我難得為別人著想，今天發了些善心就敢拿我開玩笑，小心我罰你掃一個禮拜的廁所！」他狠狠踢了宋飛一腳，嘴角露出些微的笑意，這傢伙總算是有點精神了。

突然，他像是發現了什麼，眉頭皺了一下：「臭小子，你有沒有覺得哪裡不太對勁？」

「沒啊，除了我失戀了以外，其餘的都很正常。」宋飛擦了擦哭得有些紅腫的眼睛，向四周看了看。

這間可以容納十多人的工作室空蕩蕩的。總局是採輪流值班制度，每天晚上每個組留下五個人守夜，應付城市裡的突發狀況。今年剛加派了人手，警員也從以前的每個小隊九人、共三個小隊，擴增到五個小隊。

夜峰屬於第一小隊，也是菁英小隊。權力很大，在緊急狀況下，甚至可以強制將他組人員調入第一小隊。

今晚似乎並不太平靜，第一小隊中另外三個都出去執行任務了。其他小隊的情況想來也差不多。警局裡按理說不該出現什麼特殊事件才對，就算再笨，也不會傻得跑進遍地條子的地方撒野。

但是心底深處，為什麼會有種十分不安的煩躁感？總覺得會發生難以想像的事情！

夜峰側著耳朵仔細聆聽周圍的動靜，眉頭皺得更緊了：「不對，一定哪裡有問題。臭小子，你有沒有聽到什麼？」

「很安靜啊，沒什麼動靜。」宋飛搖頭，「隊長太神經兮兮了。」

「沒動靜？」他低下頭思忖了片刻，「沒動靜那就更不對了。值班室的門虛掩著，不遠處就是大廳，一般這種時候，大廳那些值班的接線生美女都會唧唧喳喳地說個不停，還會拿些莫名其妙的零食過來，怎麼今天居然一點聲音都沒有？」

「可能睏了，在睡覺。」宋飛依然一副不在乎的吊兒郎當樣。

「不對，我們出去看看。」夜峰從抽屜裡拿出手槍，檢查了子彈後，輕手輕腳地走出值班室。

一走進大廳就覺得不對勁，燈火通明的大廳居然黑漆漆的，只有櫃檯的電腦螢幕流淌著冰冷的光芒。四周圍繞著一種莫名的怪異氣息，令人不寒而慄。

「這、這是怎麼回事？」宋飛才剛來實習，哪見過這種狀況，嚇得聲音都在顫抖。

「看來事情還不是普通的麻煩。」夜峰悄聲道，「臭小子，你悄悄溜回值班室打電話向上級請求支援。最近警局在試驗干擾器，手機沒辦法用。自己小心點！」

宋飛點點頭，深吸一口氣，將槍緊緊地拽在手心，躡手躡腳地往來的方向走，身體漸漸隱入了黑暗中。

夜峰這才轉過頭，慢慢摸索著向前走，悄無聲息的，一點聲音也沒有發出來。好不容易來到櫃檯前，就著顯示器的微弱光芒，他看到五個接線生小姐有的橫七豎八地倒在地上，有的癱在桌子上，白色的制服在黑暗中特別顯眼。

他伸手探了下脈搏，還在跳動，這五個人似乎都只是睡著了。夜峰迅速檢查了她們的身體，奇怪，頭部並沒有遭到敲擊的痕跡，神色也十分安詳，不像嚇暈的，而且衣物和口鼻也沒有殘留任何麻醉物質。

她們究竟是怎麼被迷昏的？大廳的燈又是被誰關掉的？

有一點可以肯定，警局被人潛入了，而且不止一個。雖然不明白他們的目的，為什麼要冒這種險。

不過員警也是人，被打了會受傷，傷勢太重也會死亡。如果不弄清楚那夥人究竟怎麼弄昏接線生的，所有人恐怕都會有危險。畢竟接線生也受過短期訓練，她們都有一定應付突發狀況的能力。

但是，那夥人居然能同時將五個人控制住，並在無預警的情況下弄昏她們，這種手法，即使是看慣了各種犯罪方式的他都難以想像。

看來這次真的會很棘手，他們這夥人，是高手！

夜峰猶豫了幾秒，決定不打草驚蛇，退回值班室，先集合剩下的人再行動。他盡量讓自己躲在陰影中，把身上所有會反光的金屬物品都卸下來，外衣也脫了，只留下深色的襯衫。

突然電腦螢幕閃了一下，接著熄滅。他心裡一顫，靠你個老子，這些傢伙還真絕，乾脆把電線也剪了，電話線大概也無法倖免。不過他們到底在幹嘛，這樣一來，不就全警局的人都知道出問題了嗎？

難道他們有能力和值班的一眾帶槍員警抗衡，甚至還有贏面？但這種情況下，值班員警一定會派人去配電房，也會搜索整間警局。不好，難不成他們想殺掉警局裡的所有人？

向來沉著的夜峰險些失去冷靜，他強忍住大喊大叫，通知所有人集合起來不要亂跑的衝動，開始思索。

廣播室的電路是獨立的，應該沒有被破壞，而且警局的局長室裡有條獨立的電話線路。現在他必須到廣播室警告所有人，然後潛入局長室向上請求支援。

冷靜，一定要一步步冷靜地進行，不能慌張，否則不但一個人都救不了，也會把自己的命丟在這裡。

這群闖入者的行動手法如此囂張，他們恐怕真的有能力幹掉所有人！

他靠著牆壁，在一片黑暗中摸索著向前走。突然，腳被什麼東西絆了一下，夜峰向前跌去，在就要碰到地面時迅速用手一撐，身體微微彈起，沒有發出任何聲音。

他躺在地上，緩緩地摸著那個東西，居然是屍體，一具還有體溫的屍體！屍體穿著警服，黏稠的溫熱血液流了一地。

這個人似乎是在沒有防備的狀況下受到襲擊，太陽穴上插了一根工程用的水泥釘，幾乎是一擊斃命，還好沒受太大的痛苦。

夜峰摸到了他的胸牌編號，居然是宋飛，是那個剛才還孩子氣地哭著自己失戀的渾小子。

夜峰憤怒地想狠狠將自己的頭髮扯下來，自己為什麼那麼蠢，明知道有危險，為什麼不讓他跟在自己身邊！剛才還活生生的一個人，就這麼死了！根本是自己害死了他！

他憤怒的眼睛布滿了血絲，一聲不吭地默默順著牆爬起來，抓槍的右手用力到冒出青筋。這群狗雜種，沒文化的土膿包，居然敢動我夜峰的手下，老子我一定要讓你們見識見識什麼叫做後悔！

按照記憶中的路線，他走上二樓，來到廣播室前，打開門，鎖上，然後撥開了電源開關。緊急照明立刻亮起，雖然昏暗，但還是讓他大大出了一口渾氣。

迅速轉開電源，他打開廣播，用力朝麥克風撕心裂肺地吼著：「所有人聽著，所有人聽著。我是第一行動組的夜峰，現在有一群極度危險的兔崽子潛入警局。已經殺害了我方的一名警員。

「所有人全部就近集中，找掩護進行有效抵抗。潛入者手裡有麻醉類藥物，以及足以致命的兇器，務必注意。完畢！」

說完後，他迅速踢開門，像逃難一般有多快跑多快，接著在轉角處停下，拉開天花板，躲進供應暖氣管道中，然後眼睛死死地盯著廣播室的大門。

沒有多久，目標果然出現了。他聽到腳步聲由遠至近，那個人不慌不忙地走著，那種彷彿沒有任何事情可以擾亂的步伐聽在耳中，令人十分不舒服。

沒錯，這絕對是其中一名歹徒。一般而言，潛入者聽到有人居然傻得在廣播室大放厥詞，一定會派人來解決掉這個麻煩。自己果然沒有算錯，魚，終於上鉤了！

那人從對面走過來，走到廣播室門前，然後慢悠悠地打開門。室內緊急照明的光線流瀉出來，照在那人身上。夜峰可以媲美飛行員的眼睛在此刻得到了有效的利用，他將那個人的臉龐看得清清楚楚。

但就是因為實在看得太清楚了，他整顆大腦險些當機。怎麼都沒想到，居然會是他！是那個前段時間不管是報紙上還是警局裡都鬧得沸沸揚揚，局長下了死令一定要抓住的人。那個手持從黑市高價買來的槍枝，將所住樓層的所有住戶全部殺光的殺人魔！

媽的！這傢伙難道嫌平民殺得不過癮，乾脆殺到警局裡來了？

就在他猶豫是不是跳下去逮捕對方的時候，有個冷靜的聲音唐突地從自己的正下方冒了出來：「躲在上邊的朋友，你是想自己下來，還是要我請你下來？」

這、這傢伙是從哪裡冒出來的，自己居然一點都沒察覺！夜峰只覺得身體一緊，頓時就連呼吸都停頓了。不知道過了多久，或許是十分鐘，或許是十秒，下邊的人可能等得不耐煩了，乾脆舉槍扣動了扳機。

子彈險險地從他身旁擦過，他很清楚地知道了對方的意圖，這只是個小小的警告，下一次，子彈或許就會穿過自己的心臟。

有機會就開溜，沒機會就投降，大丈夫能屈能伸。這句話一向是夜峰的座右銘，他乖乖地從空調管道裡跳下來，十分配合地將手放到腦後。

只聽見耳邊有人嘿嘿的乾笑了幾聲，然後腦袋一痛，整個人就暈了過去。

※　※　※

DATE：五月二十七日凌晨一點零五分

我和楊俊飛準時來到離警察總局有兩條街位置的地方，那裡有通向警局後樓的下水道入口。街上空蕩蕩的，沒有任何人，街燈也像往常一般昏暗。

我割斷路燈的電線，悠閒地看著老男人吃力地用撬棒將人孔蓋撬開，這才拿過放在地上的背包，率先向下爬。

「說起來，為什麼我一定要幹這種體力活？」他鬱悶道。

我嘿嘿笑起來：「本來這件事你沒機會插手的，現在我這麼仁慈地讓你插了一腳，你不感謝我，還在那裡東抱怨，西抱怨的，真是個沒意思的人。」

楊俊飛哼了一聲，少有的沒回嘴，只是唐突地兩眼發呆望著前方。眼睛睜得很大，彷彿看到了什麼令他驚訝的事情。

許久才回過神來，接著又面無表情地跟著我向下爬。腳踏實地後，他默不作聲地用嘴咬著小手電筒，翻看起下水道的路線圖。

「先向東邊走三條岔路管，然後向右轉。那附近有個出口，剛好在警局配電室附近，我們可以把電線剪斷。」他一邊比劃著方向一邊走，悶不作聲了許久，突然問：「臭小子，你對三星堆了解多少？」

「不算多。」我心不在焉地也看著路線圖，隨口答著。

「你的不算多到底有多少？」

「就那麼一點點。」我愕然抬起頭，反問：「你幹嘛問這個？」

「只是覺得每次遇到你這個臭小子都沒好事，本來很簡單的任務都會變得極度複雜。」楊俊飛的聲音有些鬱悶。

「而且還經常接觸到根本就超出人類常識的事件。最近稍微調查了一下你的人生，你彷彿就是在這種怪異事件中生長起來的雜草，不管身邊的人死得有多乾淨，你最後都能活下來。

「有人說這個世界生命力最強的生物是蟑螂，因為一隻被摘掉頭的蟑螂可以至少存活九天，九天後死亡的原因絕大多數是由於過度飢餓，而你的生命強度和牠相比真的不遑多讓了！」

「滾，我的人生可是很纖細的！」我沒好氣地踢了他一腳，「你以為我真的想過這種人生啊！而且，天知道為什麼自己的命那麼硬，老是死不掉。不過，我也不太想英年早逝就是了！」

楊俊飛皺了皺眉頭：「那依你的經驗判斷，你認為那些青銅人頭像上究竟沾染著什麼？是不是殘留了早期人類歷史上出現過，但現在早已經滅絕的病菌？那種病菌附在人頭像上，所有接觸過的人都會因為感染而產生輕重不一的幻覺，然後因幻覺而自殘，甚至自殺？」

我不置可否，許久才緩緩搖頭：「不知道這些值不值得參考，但是，你知道三星堆文化中的巫術文化嗎？」

楊俊飛疑惑地搖頭。這個傢伙果然是偷雞摸狗比較內行。

我一邊往前走一邊向他解釋道：「三星堆文化自出土後，便受到學術界的廣泛關注和多方研究，對遺址中的文物為何迥異於過去已發現的，學術界曾有許多的論述。其他的先不提，總之一直以來，我都對三星堆文化中常見的巫術要素很感興趣。

「你要知道，魚鳧王朝的巫風盛行是有史料記載的，墓中出土的許多文物也反映出巫風深入蜀人生活的各個方面，甚至是在他們的生前和死後，而且於巴蜀一地盛行的巫風，至今仍保留著。

「這在中國北方是很少見的，因而一般認為，巫風是在南方比較流行的一種文化。魚鳧王朝時候的蜀人非常重神敬鬼。蜀人的祖先是黃帝之子昌意，後娶蜀山氏之女，而後生子高陽，也就是顓頊，後封其支庶於蜀。

「而顓頊正是原始社會後期，安排各部落的巫主持巫覡之事的首領人物，顓頊對南方民眾中的民神雜糅『家為巫史』的現象進行整頓，改民神雜糅為重以司天以屬神，黎以司地以屬民。

「這重黎就是楚人的先祖，專管火正之事的大巫祝融。而此時顓頊封他的支庶於蜀，不可能完全不授其巫術的方法。

「老男人，你應該知道，巫術最重要的部分就是祭祀。上個世紀在三星堆遺跡裡曾經發現過兩個遺址，學術界認定應該是祭祀坑。

「祭祀是巫術很重要的部分。祭祀是生者對鬼魂神靈的祈禱、致謝、安撫和控制，它必須由能夠溝通人、神之間關係的人來做，在蜀人中主持祭祀的是帶有神人身分的巫師。

「三星堆祭祀坑中發現的巨大青銅人像，應該在祭祀中具有主持者身分的巫師，或者說是巫師的象徵。

「而魚鳧王朝的首領人物，也就是歷代的魚鳧王，都是高舉著黃金權杖，兼人神於一身的實權人物。歷代魚鳧王都是祭祀的主要主持者，同時也被人尊為神靈，祭祀坑中發現的高大青銅人像，就是神權和政權的象徵，是一身二任的人神化身。

「據說魚鳧王朝早期的巫術習俗是『民神雜糅』，國君可以一身兼二任，他們可以是全國最大的巫師，也可以是全國最大的實權者。

「不過要祭祀的話，就一定會用禮器來溝通人與神之間吧。

「除了日常所用的祭祀器物以外，三星堆祭祀坑中有大量的大型青銅樹，據說這是一種帶有神話色彩的神樹，大概可以發揮溝通天、神、人的作用；祭祀坑中還有各式各樣的青銅面具，這是一種典型具有巫術作用的器物。

「當然，具體怎麼操作就不得而知了。你想想，這些怪異事件，究竟是未知病毒的因素多一點，還是巫術作祟的可能性大一些？」

「說得我都有一點開始犯糊塗了。」楊俊飛撓撓頭，「你是說，現在的事情根本就是幾千年前的巫術在作祟？」

「我可沒這麼說過，這種話實在太白痴了。」我慢吞吞地答道。

「那他媽的究竟是怎麼回事！」他差些吼出聲來，「如果按照猜測的那樣，接觸過人頭像的人都會產生幻覺，然後莫名其妙地又丟臉又怪異地翹掉，還不如自殺來得痛快！」

「你慌張個什麼勁啊？」我瞪了他一眼。

他不知為何，渾身猛地顫抖了一下，過了許久才下定了決心似的，一字一句地衝我說道：「剛才，就在剛才……或許我已經開始產生幻覺了……」

第七章 DATE：五月二十七日凌晨　死亡之村

孫曉雪在孫敖生前的租屋前徘徊著，陰冷的街道上很蕭索，這是這塊偏僻之地唯一值得驕傲的景色。

雖然和他交往了許多年，但奇蹟般地兩人始終沒有同居，甚至沒有跨過最後一步。或許兩人都是極為冷靜型的人吧，他們會考慮許多，也會思索將來的種種可能。所以孫曉雪老是認為，只要沒有正式地走上結婚禮堂的紅地毯，就不算真正的感情穩定，就會有許多的變數。

而她自己從小就被灌輸了許多保守的思想，即使是現在也無法擺脫。

她始終認為，自己的第一次，應該真真正正地獻給自己的老公。因為那樣，夫妻之間心裡才不會有疙瘩，畢竟老公才是真正會在乎妳是不是處女的人。孫敖一直都沒有反對，也沒有強迫過她。

但是計畫永遠趕不上變化。理智型的人，恐怕真的會錯過許多美好的東西吧。自己最愛的人死了，居然就那樣死了，直到現在，她都沒有絲毫的真實感。

她不斷在門口徘徊，只覺得冰冷的感覺從心底深處滲透出來，麻痹了整個身體。那是一種凍徹心肺的痛苦。

過了許久，孫曉雪才深深吸了一口氣，用鑰匙將門打開。

原本以為自己再也不會踏入這個房間了，但沒想到，居然會那麼快就重回舊地。現在事情變得越來越複雜，複雜到難以想像，就如同她直到現在也不明白，為什麼趙宇會殺了他自己最好的朋友，殺了那個她最愛的男人。

不過，她也根本不想知道。現在唯一能支持她活下去的動力，就只剩下一個了——她要將那個混蛋找出來，用自己的雙手，親手殺了他！

交往了那麼多年，孫曉雪十分清楚自己的男友是什麼樣的人。他很聰明，謀而後動，向來會在事情上留後路。而這次去黃壼村尋寶，他又會留下什麼線索呢？

「親愛的，希望你在天之靈能夠稍微保佑我一下。」孫曉雪嘴裡默默叨唸著，並緩緩在租屋裡開始搜尋。

過了許久，將幾個孫敖常用來藏東西的地點檢查了幾遍後，終於在床下靠牆處翻出一個小盒子。

裡邊不但有些瑣細的資料、剪報，甚至還有趙宇那張藏寶圖的影本。

「不愧是我老公，居然能神不知鬼不覺把那麼隱秘的東西偷出來影印！」孫曉雪一邊哭，一邊坐在床上仔細翻看著盒子裡的資料。

最後，一張剪報吸引了她的注意。那是幾年前關於某個村子的新聞報導。標題為：

村民在沒有任何徵兆的情況下突然死去，專家頻繁出入死亡村寨

內容如下：

岷江上游的一個山區裡，有個叫做石埡口村的古老村寨。在九〇年代以前，這個村寨的人一直過著與世無爭的安逸生活。但最近十幾年間，這個村寨竟然變成了令人恐懼的地方，許多人在沒有任何徵兆的情況下突然死亡，這到底是為什麼呢？

一個村子裡，四個人同時莫名其妙的離奇死亡，難道有人投毒？一九九三年七月，對於石埡口村的青年者富財來說，是一個令他既恐懼又辛酸的日子。那年才剛結婚的他，正在家裡幹活，突然他發現自己的老母親在沒有任何徵兆的情況下，死在了床上。

就在他手忙腳亂察看死去的母親時，正在做家務的妻子也突然抽搐倒地，不省人事。當他再去察看妻子時，發現妻子已經停止了呼吸。

而且就在同一天，寨子裡另外一戶人家也有人這樣離奇死亡。一連串莫名其妙的死亡，使者富財心中萌生了巨大的恐懼。難道寨子裡有瘟疫？如果真是這樣，那麼下一個會不會是他？

為了排解心中的恐懼，者富財每天都求神拜佛，祈求上蒼保佑。

石埡口村同一天有四人接連離奇死亡，引起當地主管部門的高度重視，隨後

的幾天裡，以縣衛生局為首的醫療調查隊進駐了石埡口村。

然而就在他們到達石埡口村時，發現又有人以同樣的方式死亡。

在一個村子裡竟然有多人同時莫名其妙的離奇死亡，不禁讓人懷疑他們的死亡是否是人為因素造成的，比如有人投毒，或者吃了什麼不乾淨的東西造成食物中毒。

一時間無法確認死亡原因，讓石埡口村陷入恐慌……

人們紛紛傳言石埡口村發生了瘟疫。許多村民也像者富財那樣，供奉神仙牌位，祈求平安。而更多的人則紛紛趕著牛羊上山躲避瘟疫。

為了打消怪病帶來的恐慌，調查組立刻對死者的發病症狀和死亡過程進行了認真研究，初步判斷這些死者的死亡原因，都是因心肌炎引起的猝死，但是，為什麼這些人都會患上心肌炎，而且都在同一天死亡呢？這是巧合還是另有原因？

造成猝死的原因有很多，比如身體勞累、巨大的精神壓力、家族遺傳等等。但調查過石埡口村的猝死患者後，他們並不具備上述的發病條件，而且即使具備這些條件，又怎麼會集中在同一時間發作呢？

據楊明清說，由於當時事發突然，而且受限於當時的醫療水準，他們也沒有弄清為什麼會接連發生猝死。不過因為認定了死因是猝死，而猝死並不會傳染，所以他們當時的診斷打消了村民的顧慮，使那些最初充滿恐慌的人們很快安定下來。

然而就當調查小組剛剛鬆了一口氣的時候，悲劇又在人們眼前再次接二連三地發生了。

調查還在進行，有專家懷疑是克山病爆發了

就在調查小組剛離開不久，正值壯年的村民李富才突然在睡夢中死去，就在當天，家裡的二弟媳富秀也猝然離開人世。幾天後，老父親李昌美也在沒有任何徵兆的情況下撒手人寰。原來的五口之家驟然只剩下了二兒子和他不到一歲的孩子。

然而死亡的陰影並沒有就此離去，在接下來的兩個月裡，村裡又相繼有五個人也因這種病死去，當楊明清他們再次趕到村裡時，看到的是幾具還沒有掩埋的屍體。

由於連續死亡的人太過集中，楊明清懷疑他們的猝死有可能與一般的猝死原因不同。於是他們一方面進行緊急調查，同時也邀請地方性流行病的專家聯合會診。最後，這些專家提出了另外一種看法。

有部分落後山區曾出現慢性克山病，所以專家懷疑是不是克山病爆發了？克山病最早是在一九三五年黑龍江省克山縣被發現的，故名克山病。這種病

一般流行於荒僻的山嶽、高原及草原地帶，它發病的症狀與猝死十分相似，也是胸悶、噁心、嘔吐，頭暈，嚴重的會昏厥、抽搐或休克。

村民仍然不斷發病甚至死亡，克山病的可能性也被排除

在以後的幾年裡，石埡口村的居民根據克山病的預防方法進行對疾病的防治，卻仍然有人不斷發病甚至死亡。由於不見任何成效，楊明清他們開始懷疑克山病的說法。

克山病的重要成因之一是硒元素缺乏，但檢測了毛髮與血液後，發現受檢患者身上並無硒元素缺乏的狀況。

透過各種檢測和研究，專家否定了克山病的說法。但是連續幾年不斷有人死亡，而且還相當集中，造成這些人集體死亡的致死元兇究竟是什麼？看來答案還是只能從死者身上去找。

相關專家進行屍體解剖，把腦、心、肺、肝、腸這些不同組織都送到雲南省克山病研究所，通過檢驗，認為可能是感染克沙奇病毒而造成的病毒性心肌炎。

克沙奇病毒是自然界中常見的病毒，多出現在動物身上，比如說豬、狗，甚至老鼠、牛、貓等等。

克沙奇病毒一般都是經由腸道途徑傳染，比如人們吃了帶有這種病毒的水、

食物等等。人們感染上克沙奇病毒，如果抵抗力弱的話，就容易患上心肌炎、腦膜炎、肌無力等疾病。一般來說新生兒較容易受到感染。

但是，石埡口村為什麼會有這麼多的人因病毒感染造成的心肌炎猝死呢？他們又是如何大範圍感染的呢？

疑兇現身水源，猝死迷霧依舊疑點重重

為了弄清事實真相，調查組對石埡口村周圍的土壤、植物、牲畜、水源等進行了詳細調查，最終確定水源是最有可能造成大範圍感染的最可疑途徑。

因為調查中發現，石埡口村的居民大多養殖牲畜，路邊牲畜的糞便到處可見，而這些道路往往離他們的飲用水源十分接近。這也就是說，動物糞便中帶有的克沙奇病毒，很容易污染水源。

根據這一判斷，調查小組在居民的飲用水中採集標本，進行了仔細分析。結果卻讓他們大失所望。

專家在檢測的水裡沒發現這種病毒。難道他們的飲用水都消毒處理過了嗎？再次調查，發現這裡的居民大都沒有做任何消毒，全是直接飲用山上流下來的溪水。那麼這到底是怎麼回事呢？

經過再次認真分析死者死亡的規律，他們最終找到了答案。

猝死主要發生在七、八月分，是雨季，難道是下雨時把周圍的豬糞、牛糞沖進水源裡，污染了水源？根據這些判斷，調查小組在雨季沖下山的水中，找到了克沙奇病毒。

後來，當地政府改善了飲用水品質，每家每戶都接了水管，同時在雨季這個容易爆發疾病的季節加強消毒。

為了盡量保護石埡口村居民的安全，當地政府從二〇〇三年開始遷村。遷村讓石埡口村的居民徹底遠離了死亡之地。

直到今日，關於致病原因醫學界仍有克沙奇病毒和克山病兩種說法，但是這兩種說法都無法完全解釋，尚有許多未解之謎。

另外，如果是水源被污染引起的病毒傳播，那麼為什麼離石埡口村不遠的山上、山下兩個村莊，都飲用同一個水源，卻從沒有發生類似死亡事件呢？

許多專家仍然頻頻出入那令人恐懼的地方，他們希望透過更多的調查研究，撥開離奇的猝死迷霧。

※　※　※

孫曉雪猛地全身一震。

石埡口村，看地理位置不就和黃憲村僅僅一山之隔嗎？兩者的直線距離甚至不超過五公里。難道那裡的怪病也和黃憲村出土的青銅人頭像有關聯？甚至，主要原因就在那裡？

她強忍住內心的震驚，將下面的資料緩緩看完。其餘的都是黃憲村，以及三星堆魚鳧文化和望帝杜宇的一些資料，應該是孫敖後來在圖書館和網上查到的。

最後一頁，他隱晦地懷疑趙宇那張藏寶圖的來源，覺得趙宇這個人並不簡單，一定要好好調查。

她很瞭解自己男友的為人，既然他會將這些東西藏起來，就必然有關聯之處。只是她搞不清楚罷了。

給夜不語那兩個人看看，說不定會有些頭緒。畢竟男人的事情還是男人容易揣測！孫曉雪將這些資料小心翼翼地全部放進手提袋裡，拉緊外衣向門外走去。

就在剛出門的瞬間，一個等待已久的身影猛地從黑暗的角落走出來。

「嫂子，您動作真慢，我都在這裡等妳好幾天了！」那個人影笑嘻嘻地向她走過來。孫曉雪下意識地向後退了幾步：「趙宇，是你！」

「就是我！」

「你怎麼還敢出現在我面前！」

「我為什麼不敢？」趙宇微笑著向她攤開手，「嫂子，把妳手裡的東西給我。」

「作夢！」她憤恨地死死瞪著他，「我為什麼要給你？你把我的一切都奪走了，你殺了他！你為什麼要殺了他！」

「但是妳還活著，我又沒殺妳。」趙宇的臉上微微閃過一絲不耐煩，「你們這些人真可笑，要死就乾脆一點死嘛，幹嘛還問東問西的。那個傢伙死的時候也是這麼問我，居然問我為什麼要殺他，笑死我了！」

「可笑！你說他可笑！」孫曉雪只感覺肺都要氣炸了，她緊緊地咬住嘴唇，恨不得將眼前這個混蛋殺了。

「算了，看在那傢伙的分上，只要妳把手裡的東西交出來，我就放妳一條生路。」趙宇不知為何又笑了。

「原來，你想把我一起殺了。」孫曉雪也笑了，笑得很甜美，暴怒的大腦稍微恢復了一些理智，「雖然不明白為什麼你要殺掉我們。但是，據說你很想得到那些青銅人頭像？你覺得，那個人頭像可能在我身上嗎？」

趙宇臉色變了變：「沒關係，妳身上找不出來，我會到妳家去找。不過據說妳家裡發生了一些小事情，伯父居然莫名其妙地失蹤了！嘿！」

孫曉雪全身都僵硬起來，緊張地吼道：「你！你將我爸爸怎麼樣了！」

「我能怎麼樣？放心，其實我還真想怎麼樣，可惜完全沒有機會。他就是失蹤了！嘿嘿，嫂子，要不要來做個交易？」

「交易？什麼交易？」她警惕地看著眼前的混帳。

「當然是個很有趣的交易。妳把妳手裡的東西和人頭像給我，我就幫妳去找伯父。」趙宇嬉皮笑臉，彷彿很開心的樣子。

「我為什麼要相信你？」孫曉雪將手背在身後，緩緩地後退。右手悄無聲息地鑽入手袋裡，將隨身攜帶的折疊式水果刀抽出來，打開，然後猛地向趙宇衝了過去，「混蛋，你現在就給我去死……」

趙宇的神色悠然，一副似乎早就猜到的樣子，但他絲毫沒有躲避。刀似乎刺進了肉裡，但是觸感卻空蕩蕩的，空蕩蕩到令人覺得像是刺進了虛空中。她大腦混亂地看著近在咫尺的趙宇的臉孔。

那混蛋依然笑著，開心地笑。隨後她的眼前一片黑暗，什麼都看不到了……

※　※　※

DATE：五月二十七日凌晨一點十七分

「臭小子，你知道嗎？曾經有個女人，十分愛我的女人告訴我，她說，魚的記憶其實只有七秒，七秒之後牠就不記得過去的事情，一切又都變成新的。

「所以在那小小的魚缸裡牠永遠不覺得無聊，因為七秒一過，每一個游的地方又變成了新的天地，牠可以永遠活在新鮮中。」

寂寥的下水道中，楊俊飛抽出一根菸點燃，卻沒有湊到嘴邊，只是那麼拿著，一直拿著。

「她還說，她寧願是隻魚，七秒一過就什麼都忘記了。曾經遇到的人、曾經做過的事就都可以煙消雲散，可她不是魚，所以她無法忘記她愛的人，她無法忘記牽掛的苦，她無法忘記相思的痛。」

用力吸了一口菸，他的眼神空洞洞地望著我：「她說，魚看不到相愛的人流淚，卻可以感覺到對方的心痛。這一生我們都無法做隻自由的魚，所以你也無法感覺到，在你離開我時，我的那種心痛，正如我覺察不到你愛我一樣。

「然後她問我，我愛一個人可以愛多久？可以愛她多久？她說如果她是魚，她可以愛我七秒。然後，七秒之後我又愛上了你，就這樣愛我一輩子，用魚的方式！」

菸吸進肺部，然後經過鼻孔噴出來，楊俊飛的聲音越來越蒼涼，蒼涼到我摸不著頭腦，甚至不明白為什麼他要在此時如此緊張的時刻，說這種兒女情長的話。

「臭小子，你知道嗎？就是這個女人，她說完這番話後，第二天就離開我，悄悄地和我最好的朋友私奔了，逃到天涯海角的某一處躲起來。我之所以會當偵探，有很大一部分的原因就是想找到他們。」

「那結果你找到了嗎？」我心不在焉地問。

「當然找到了，我最後還原諒了他們。甚至，做了他們孩子的乾爹。」楊俊飛的笑容很苦澀[1]。

「嗯，這個，請原諒我不解風情地打攪你在那裡莫名其妙的抒情。請問，你告訴我這個幹嘛？和你剛才提到的幻覺有關？」我打斷了他。

「當然有關！」楊俊飛的臉色沉了下來，「就在剛剛準備爬下下水道的一瞬間，我看到了那個女人，我這輩子最愛的女人就站在離我不遠的地方。她就在拐角處傻傻地瞪著我，眼神裡透露著一種淒涼的痛苦，彷彿在擔心我。

「你知道嗎，她就在我用力跑，不需要幾秒鐘就能觸摸到她的地方，那麼真實的存在著！」

「這就是你的幻覺？你確定不是眼花？」我嘆道。

「這不算幻覺嗎？她根本還好好地活著，比我活得更舒暢。更重要的是，我十分清楚她現在根本就不可能出現在這裡。

「她在地球最寒冷的某個地方，和自己現在最愛的人在一起。我想不出來，還有比這種更幻覺的幻覺！」他狠狠地一口氣將菸抽完。

我不置可否：「你確定不是你的妄想？不是俗話說日有所思，夜有所夢。你可能太愛她了，一到睡覺時間就作清醒夢。也難怪，現在可都是午夜了！」

「我不是在開玩笑！」楊俊飛瞪了我一眼。

「我也沒跟你開玩笑。」我瞪了回去，「雖然猜測碰了人頭像的人會因為幻覺而自殘甚至自殺，但僅僅只是猜測而已。我看是你太緊張了！」

楊俊飛似乎覺得自己根本就沒有的尊嚴受到了傷害，聲音稍微大了起來：「鬼才緊張，我這個人怎麼可能會為這種小事緊張兮兮！」

我微微笑了笑：，「算了，懶得和你扯淡。總之就算你看到幻覺了吧，但那又怎麼樣呢？你還不是活得好好的，也沒有自殘什麼的。不過，最近我身上似乎也出現了一些奇怪的事。」

「什麼！怎麼沒聽你說過？」楊俊飛的臉色頓時變了變。

「其實也沒什麼。」我吸了口氣，靠，下水道裡果然有夠臭的。

「就是今天下午去買今晚偷雞摸狗用的東西時，順道去了一家常去的咖啡店喝水果茶。沒想到才喝沒幾口，便遇到了一個十分三八的，叫沈科的朋友。或許是我坐的位置的光線實在傳神，又或者那傢伙的眼睛實在三八得神乎其技。

「總之他一見到我，沒打招呼，就直愣愣地望著我的脖子猛瞪，然後大驚小怪地叫了起來：『小夜，你小子昨晚去哪鬼混了？快快從實招來！』

「我一愣，乾笑道：『我？昨晚？在家裡忙，忙到凌晨四點多啊。』

1 詳情請參見《夜不語詭秘檔案 108：茶聖 上》、《夜不語詭秘檔案 109：茶聖 下》

「『少來，你還跟我裝傻！』他英雄相惜地用力拍著我的肩膀，『俗話說家花哪有野花香，我了解的！』」

「這傢伙究竟在說哪門子的語言？寡人現在貌似就連家花也沒有吧！哪來的野花？」

「似乎他也想了起來，滿臉驚訝地張大嘴巴：『不對啊，你小子不是還沒女友嗎？難道，昨晚是到柑子樹的某個花田小巷尋花問柳去了？小夜啊，這可不行，雖然我明白一個十八、九歲的正常男生是有正常需求的。我懂，嘿嘿，我懂。可是也要注意安全啊，有沒有做好安全措施？嗯？嗯？』」

「所謂柑子樹，據說是附近方圓百里，赫赫有名的淫窩。

「頓時，我有一種想要把他打倒在地，然後用釘鞋狠狠踩下去的衝動。媽的，天可憐見，人家我清清白白的一個人被他說成這樣。藍天白雲，昨晚沒冒出頭的月亮和淅瀝瀝的小雨以及家裡的父母高堂可以作證，我最近壓根就沒出過什麼門嘛。還尋花問柳咧，靠！

「在我已經實質化到可以殺人的目光下，這傢伙似乎感覺到了危險，小心翼翼地縮了縮脖子，畏畏縮縮地輕輕指了指我的脖子：『你別那樣看我，好像很無辜的樣子。你脖子上，明明還有吻痕嘛！』」

「我滴天！吻痕？老子我堂堂正常的高中生、良好的未納稅市民一個，發散性聯想思維自認已經算是夠豐富了，都壓根兒沒有想到過，自己身上會出現吻痕這一莫名其妙的白痴故事！

「好吧，吻痕是吧，老男人，你告訴那白痴究竟什麼是吻痕。哼！

「所謂吻痕，一般而言是指皮膚敏感的女孩子因為自己的那一半，kiss得太用力，造成毛細血管出血，血液不能很快地恢復，一般而言是呈現青紫色的痕跡。就各人的膚質來看，痕跡有可能會持續三到十四天不等才對吧。

「注意，痕跡是呈現青紫色，而且基本上是皮膚細嫩的女孩子身上才會出現。我堂堂大男人可不是細皮嫩肉，而且脖子上莫名其妙的怎麼可能出現什麼青紫色的痕跡。

「當時把我氣得，一口氣跑進洗手間，用化妝鏡看了看，頓時整個人都愣住了。你猜我看到了什麼？」

我把高領的衣服拉下來，露出脖子。

楊俊飛定睛一看，眉頭皺了一下。只見好幾個泛紅紫的，形狀奇怪到令人抓狂的痕跡，赫然出現在脖子白皙的皮膚上。

他伸出手摸了摸，許久才小心翼翼地問：「你確定，那個，嘿，真的不是吻痕？」

「我靠，有吻痕是這樣的嗎！還好我沒女友，不然讓她誤會了，可是百口莫辯，到時候跳進黃河都洗不清了！」我用惡毒的眼神向他逼視過去。

楊俊飛頓時打著哈哈，原本低落的情緒立刻飆高，看得不亦樂乎。

不過說起來，這種奇怪的痕跡以前還真的沒有出現過。下午乍一看見，還引起我一陣恐慌。癌症？白血病？難道我一個前途大好的青年就要這樣掛掉了？

莫名其妙地怕了一陣子，又用手摸又用洗手液搓，居然什麼事情都沒有發生，摸起來也和平常皮膚一樣光滑，也不痛，就像單純的色素凝結了而已。既然擔心也找不到原因，我才放下心來接受了脖子上的事實。

不過這種奇怪的痕跡，肯定不是隨隨便便就出現的，它突然冒出來給我亂開玩笑，絕對不單純。

「老男人，你有什麼看法？」我問。

「暫時沒有，乍一看真的像是吻痕，但這形狀實在太古怪了。」他繼續研究著。

「說起來，前段時間在網上看了篇文章，那人說，類似這樣的痕跡，其實是上輩子的羈絆，在某種特定的情況下，浮現出的，上一世的影子。」我自嘲。

楊俊飛心不在焉地，看那專注的眼神，彷彿在若有若無地想些什麼：「聽起來似乎滿有趣的，不過，完全也是無稽之談，千萬不要去信。」

我嘆了口氣：「唉，麻煩。雖然有好幾個猜測，但比較官方一點的，我覺得有兩個可能比較容易讓我接受。第一，就我而言，習慣看東西或者思考時用手撐住下巴，當然也就常常擠壓脖子，會弄出一些奇怪的痕跡便也不足為奇了。

「第二，洗澡的時候搓得太用力，而且季節交替時原本就是會令皮膚脆弱，所以，太用力當然會引起毛細血管破裂，造成顯眼的痕跡。不過，單純的，基本上是我的理解。

歡迎你這個有經驗的老男人參與，多多探討一下！」

「小夜，我覺得，或許我看出些端倪了！」楊俊飛看著看著，突然全身都僵硬起來，他口乾舌燥，吃力地抬起頭，用震驚到沙啞的語氣一字一句地說：「你覺不覺得，這些痕跡很像那個青銅人頭像？」

「什麼！」頓時，我腦袋一片混亂，不由得也呆住了！

第八章　DATE：五月二十七日凌晨一點二十九分　幻覺空間

夜峰醒來時，發現自己倒在廣播室裡。他居然沒有死，也沒有受到什麼太大的傷，除了後腦勺上的一個腫包而已。

那些人為什麼沒有殺他？明明他已經看到其中一個人的真面目了，為什麼還讓自己活著？

難道他們真的很有自信，自信到白痴地相信整個國家的力量都無法和他們對抗，抓不到他們？

搞不懂，果然那些傢伙都是神經病，而且病得不輕。

他吃力地從地上爬起來，迅速地檢查身上的東西。令他難以置信的是，身上的東西居然一樣都沒少，甚至連警槍都還在。夜峰疑惑地將彈匣退膛，子彈是滿的。

他笑了起來，不知道在笑對方的瘋狂，還是在笑別的什麼。總之，他將槍緊緊地握住，用左手掏出手機，按亮，就著手機的光源向四周打量。

廣播室的電源線路早被破壞得一塌糊塗，以他半吊子的電工技術，是絕對不可能修好的。

深深吸了口氣，他將手機塞入口袋裡，無聲無息地打開門，小心翼翼地走了出去。

不知為何，心裡總覺得事情絕對沒有那麼簡單，甚至可能超出自己的想像。

那些傢伙雖然是瘋子，但也不是普通的瘋子。他們有計畫，有組織，甚至有至今都令他頭痛的手段。

新一代的手機干擾器有許多附加功能，能夠干擾所有長短波。整個警局裡不能用紅外線眼鏡，不能用紅外線感應器，只能單純地用機械性的東西以及人類本身的五識。

自己藏在那麼隱秘的地方，氣息也隱藏得很好，那些人究竟是怎麼發現的？

頭痛，這批匪徒果然不太一般，他們能無預警使人昏迷，也能在人眼無法目視的情況下，準確地看清楚天花板上的東西。

這些人背後恐怕有一個十分龐大的組織在支援，只是，到這種規模不大不小的警局來耀武揚威，有什麼目的？

夜峰苦笑了下，緩緩地向局長室走去。不管怎樣，還是先和外界聯絡再說。

警局前樓很寂靜，寂靜到令人害怕。他緩緩摸索著，不敢發出任何的響動，就那麼提心吊膽地走著，不知走了多久，感覺差不多要到局長室時，腳下抵住了一堆柔軟的東西。

那些東西似乎很多，他蹲下，摸了摸，居然又是屍體，一個接著一個的屍體。大概有二十多具，全都穿著警服，整整齊齊地一個接著一個排在地上。

頓時，夜峰全身都顫抖起來，他憤怒得幾乎想要發飆，想將那群人統統用自己的雙手撕開。

這麼多人！

這麼多人！全都是自己的同伴，他們前一刻都還好好的，有的在想自己的老婆、女友、父母，有的在計畫著休假的安排。但現在，全都冰冷地躺在離自己近在咫尺的地方，再也不會醒來……

「混、混蛋！」夜峰咬牙切齒地從喉嚨中逼出沙啞到幾乎在滴血的聲音，忍住憤恨，一步接著一步向局長室走。

理智在大腦深處不斷地提醒他，冷靜，一定要冷靜，如果就連自己都死了，今天發生的這一幕，永遠也不會為外人所知，成為無解的懸案。

無論怎麼樣，都要和外界聯絡，到時候再去拚命也不晚。

近了，已經很近了。就在他的手要接觸到局長室的大門時，猛地眼前豁然開朗，四周的黑暗彷彿被什麼生生切開了似的。

白得刺眼的光亮從四周湧現，景象開始浮動，天空和大地同時出現了……

※　※　※

DATE：？

「有人說，人世間最大的悲哀莫過於還沒來得及愛上一個人時，已經習慣了那個人的存在，似乎那個人待在自己身邊是天經地義的事情。但是突然有一天，那個被自己習慣而又不愛的人消失了，又會怎樣呢？

「她會迷茫、失落，然後才會莫名其妙地感覺到，自己的生命中已經沒有辦法容忍失去他的存在。自己已經在習慣中，深深地愛上了他。

「女人就是這種奇怪的生物，她們更像從水星來到地球的生物。水是什麼你知道嗎？女人如同水一般地捉摸不定，千萬不要試圖去弄清楚她們的性質，因為毫無意義。女人原本就應該是待在男人的懷裡，被深深地保護著，愛護著的。

「其實男人也是很奇怪的生物，這種生物在結婚前覺得適合自己的女人很少，結婚後才發現適合自己的女人居然還有那麼多！

「但是，我很了解我最好的朋友，那傢伙絕對是世間少有的一等良民，我相信他會做一個非常稱職的老公、丈夫、孩子他爹，等等諸如此類的職位。

「王志，還有這位美麗的彭瑤小姐，我這輩子最好的兩個朋友。祝你們永遠幸福！」

二〇X X年十月三日，是王志和彭瑤結婚的日子。作為他們最好的朋友、月老，以及一些莫名其妙臨時安插在我頭上充當光環的虛名，我，美男子夜峰，莫名其妙地要在女方長輩的發言後致辭。

以上，就是我的發言，台下的人恐怕是有聽沒有懂，唉，稍微有點丟臉。

不過，我看到台下的小瑤哭了，是開心的哭。我還看到王志笑了，打從認識以來第一次看他笑得那麼燦爛。

也對，這麼多年來的希望得償所願，換作是我，也會笑得把臉給撐爛掉吧。所以，我微微揚起手中的杯子，向他們致意，靜靜地走下主持台。

下午，抽空陪新娘在公園裡單獨逛了逛，也單獨陪新郎喝了點小酒。

今天的小瑤不像前段時間因為婚前恐懼，頻繁打電話給我時那麼的焦躁不安，她的臉上洋溢著幸福。

王志穿著白色的西裝……這小子突然變得人模人樣起來。

下午個別和他們聊了許多，沒想到，他們這對默契絕佳的狗男女居然跟我上起了戀愛課和婚姻輔導課！

「阿峰，你有很多優點。就像你的縹緲、你的神秘，會讓對方不由自主地被你吸引。但有吸引力，並不代表會得到愛情。你看，你時常給人一種虛無的感覺，會令愛你的人覺得很累。」小瑤拍了拍公園裡某張倒楣的石椅，示意我坐到她身旁。

「這麼多年，我也算很了解你了。其實你的為人一點都不縹緲，對感情也很專一，但是太專一也不好，如果對方出了什麼問題，你很容易再次受到傷害。對感情，你還是放開一點好。

「還有，說實話，你的感情運真的有點不好。喜歡你的，你逃避，等你逃避得差不多了，走出來了，好的也都嫁得差不多了。而且你自己挑的女孩，問題絕對是超級多，別急著反駁，這是事實！雖然所有的朋友都希望你能幸福。」

小瑤突然想到什麼，笑了起來：「阿峰，你是個會付出，會寵自己女友的人。但是那樣寵對方，對你，對對方，真的好嗎？自己考慮清楚，再走進那個圈子吧。」

王志的婚姻輔導課相對簡單明瞭許多。

「臭小子，我要結婚了，嘿嘿。」他灌了自己一杯酒。

「你知道我為什麼能娶她嗎？第一，當然是因為我很愛她。第二，我懂得有效地付出。」

嗯，這兩條聽起來似乎有點道理。

「現在的社會就是陰盛陽衰。而且女孩都被網路上的文章和無聊的韓劇洗腦了。所以，不要太慣著她們。

「你知道嗎？作為男友，你必須教會她們，什麼是你的責任，什麼是她的責任。就像你常常說的，感情雖然需要其中一方付出多一點，但是另一方始終不願付出，沒有反應，甚至不願意為你稍稍改變的話，那段感情還是早點放棄的好。」

王志講得天花亂墜，又灌了自己一口酒。

「感情，想要良好地繼續下去，說白了就是在不斷地改變自己和對方，到達比較契合的位置，只有單方面的改變當然是不行的。

「每個人都有自己的彈性極限，我現在已經到達了那種極限，而你嫂子大概也是吧，所以我們最後才能走到一起。」

這個，似乎，好像，是我硬把他塞給彭瑤的吧，有什麼值得驕傲的？

仔細想想，最近這三年多來，我的感情運確實是很背，除了爛桃花還是爛桃花。但也沒有糟糕到可以令這對超有默契的狗男女，拐彎抹角全盤否定的地步吧！

新郎和新娘，兩個人我都單獨陪了他們一小時，雖然不明白為什麼他們要這麼折騰我。不過至少在我準備走人的時候，兩人還是稍微說了一句像樣的人話。

「阿峰，你的妻子一定會很幸福。」小瑤說，「但是首先，不要吝嗇自己的感情。喜歡就是喜歡，大聲說出來。不管怎樣，只要是女生，都會感動的。」

回程的路上，我開著車，想起今天這對狗男女的話，不禁又搖頭笑了起來。

我堂堂夜峰，美男子一個，大有作為的好青年，怎麼可能找不到女友？而且本人可是……

可是什麼？為什麼我居然不記得自己是幹什麼工作的了？

還有，為什麼總覺得有一件很重要的事情在等著我？

為什麼，我感覺自己應該是有老婆的！為什麼，小瑤不就是我的老婆嗎？我們什麼時候離婚的？她為什麼會再婚？而且和自己最討厭的王志那個混蛋再婚？

疑惑如同雨後春筍般，一波接著一波地擊入腦海。我瘋狂地捂住腦袋，死死地踩下煞車，頭狠狠地撞在了方向盤上。

頭腦沒有昏厥，依然十分地清醒，清醒得令人反胃。

抬起頭，打開車窗，夜晚渾濁的空氣立刻湧了進來。我深深吸了一口氣，雖然不明白自己究竟是怎麼了，思緒會猛地如此混亂，但不論怎樣，都想問一個問題，問那個女人最後一個問題。

於是我開車向來的方向返回。

彭瑤和王志正要進洞房，驚訝地看著我粗魯地一腳將門踢開，喘著粗氣，一聲不吭地盯著他們。

兩人嚇得好不容易才回過神來，小瑤從床上站起身，披上外套，關心地問：「阿峰，你出什麼事了？額頭上都是血！」

「沒什麼，只是突然想問妳一句話。」我依舊死死地注視著她，眼睛都快滴出血來了。

沒等彭瑤說話，王志已經走了過來：「喂，你怎麼老來打攪我的好事？去你老子的，有事明天再問。」

「我等不及了，一定要現在問。」我固執地堅持著。

「靠，我可等不及要進洞房了！」王志狠狠地瞪著我。

我回瞪過去，望了他一眼，淡淡道：「那對不起，麻煩你再等一下，一下就好。」

說完，用力地一拳打在他的太陽穴上，他立刻倒下。

「夜峰，你知道自己在幹什麼嗎？」彭瑤尖叫著蹲下身抱住她現在的老公，憤恨地望向我。

我絲毫不在意，也蹲下身，一把拉住了她的胳膊。

「幹什麼！你想幹什麼！快放開我，不然我要叫了！」彭瑤尖叫得更大聲了。

我冷靜地道：「我只想問妳一句話。我們是怎麼認識的？」

「我不知道！我才不知道！你這種下賤的人，我真後悔認識你！」她繼續尖叫著。

「妳怎麼會不知道？妳怎麼可能會不知道！」我的聲音中帶著絕望，「我們在朋友的舞會上認識的，還有很親密的關係。

「我還清清楚楚地記得，妳當時對我說的一句話。妳說：『你的人生對我而言，就是一場韓劇。我希望認識你，但是我更怕認識你，因為韓劇的結局，通常都是悲劇……』」

猛地，我猛地想到了什麼，絕望的眉頭開始舒展開，然後，我笑了，開心地笑了。

「當時，我也回了妳一句。我說：『這位小姐，差點忘了告訴妳一件殘酷的事實。其實韓劇，也是有皆大歡喜的喜劇的！』記得嗎？從此妳成了我的女友。一年後，我們便結婚了。」

對了！想起來了，完全想起來了。我是夜峰，是個警察！果然，這個世界，這一切的一切都有問題……

就在自己意識到這一點的時候，光明突然被黑暗吞噬，視線頓時墜入了漆黑中。

※　※　※

DATE：五月二十七日凌晨一點十九分

我頭腦一片空白，默不作聲地掏出鏡子就著微弱的手電筒光芒，再次仔細打量脖子上的痕跡，果然，越看越像青銅人頭像。誇張的鼻子、誇張的眼睛和長長的耳朵，基本上都模模糊糊地成形了。

臉上流露出一絲苦笑，原本就隱約猜測脖子上的痕跡，會不會和人頭像的詛咒有關係，現在已經十分確定了，不但有關係，而且關係還很大！

我一聲不吭地將衣領拉上去，沉聲道：「這件事先扔在一邊，把人頭像統統偷出來以後再來煩惱吧。我們上去。」

按照預定路線，我們偷偷摸摸地到了配電房下方。從下水道小心翼翼地鑽出來，左右看看，並沒有人。周圍黑漆漆的，路燈不知為何熄滅了。

「居然停電？」楊俊飛稍微有些驚訝，「我們的運氣也未免太好了吧。」

「白痴，警察局裡怎麼可能會停電！就算真的停了，也會有備用的大型發電機供電。小心，情況恐怕有些古怪。」我愣了愣，臉上滑過一絲憂慮，「不管了，好事做到底，先進供電房再說。」

供電房裡也是一片黑暗，應急的紅色光芒也沒有一絲蹤影。我皺了皺眉頭，按亮小手電筒，頓時，我們都呆住了。

「看來，我們有夥伴。而且是非常胡來的夥伴。」楊俊飛苦笑著說。

我稍微檢查了一下供電系統，沒想到居然能破壞得那麼徹底，就算是不懂電工的我，一看也知道絕對是外行人幹的。

「奇怪了，看那夥人留下的痕跡，應該是在不到十分鐘前才離開的。這時候警局應該一片混亂才對，就算不混亂，也應該會派人來配電房查看。怎麼現在整個警局都悄無聲息的，實在不太正常！」

他嘟噥著四處打量，然後向我看來：「今天值班人員裡不是有你表哥夜峰嗎？那年輕人我曾經見過幾次，很精明能幹，不可能會犯這種小錯誤。臭小子，你覺不覺得很有問題，難道他們出事了？」

我點點頭，隨即又搖搖頭，心緒十分不寧。今晚出人意表的事情實在太多了，看來行動還要再快一點。

「我們立刻前往後樓的證物室，那夥人說不定也是衝著人頭像去的。」不知為何，心底隱約冒出了這個念頭，我毅然道。

「你不管你表哥死活了？」楊俊飛有些詫異。

「婆婆媽媽那麼多幹嘛！」我斬釘截鐵地道，「夜家的人如果白痴到連自救都沒辦法，那還不如死了算了，一了百了。表哥可沒有那麼脆弱，就某些方面而言，他的生命力比蟑螂還強！」

「你這傢伙無恥的樣子，很有我當年的神韻。」楊俊飛不知是讚賞還是諷刺，「以後絕對是個狠角色！」

配電房的位置在前樓和後樓的正中央，不遠處是個小花園。夏花開得倉卒，根本就沒有繁華錦簇的優美景象。

午夜的天空沒有明亮的月色，月被不知何時飄來的雲層緊緊掩蓋，只露出了一小點說不清道不明的曖昧月暈。

自然，地面也不會太明亮。

花園中的植物隨著夜風蕩漾，在這種光線不足的環境裡顯得十分詭異。我們不敢打開手電筒，就那麼靜悄悄地努力掩蓋自己的身形，緩步前進。

到後樓時，已經凌晨一點半了。

「喂，臭小子。」楊俊飛突然開口，「你看大門。」

我低下頭，後門的玻璃門居然被砸開了，破開一個足以容納身材魁梧的大人進入的裂口。

真是亂來的一群人，不管是配電房還是門鎖，居然都幹得那麼明目張膽，絲毫不怕曝露的模樣。

難道那夥人來了不少？不對，如果人數很多的話，自己沒道理到現在都還沒碰到人。而且他們也沒有在關鍵位置上布下人手。

但如果闖入者很少的話，他們怎麼敢那麼明目張膽呢？他們憑什麼！

我不由得又仔細打量四周，顯然楊俊飛也和我想的一樣，他左右張望了許久，最後我們的視線碰撞在一起。

「周圍絕對沒有人埋伏。哼，我們的同伴恐怕也沒有來多少人。」他揉了揉太陽穴，「頭痛！這裡可是有二十幾個帶槍值班的員警，而且還有你表哥的菁英組，這些人都到哪去了？」

我思忖了一下，依然沒有任何頭緒：「算了，總之我表哥死不了，其他人的死活又不怎麼關我的事。與其關心這個擔心那個的，還不如想想怎麼把人頭像搞到手。那夥人應該已經進去了。」

楊俊飛回憶了一下後樓的平面圖，緩緩道：「雖然我們的同伴進去了，不過肯定還沒有出來。原本計畫在電路上做點手腳後讓樓裡的監視系統失效，不過，看來現在已經有人幫我們做得很完美了。

「喂，臭小子，如果你是他們，會走哪條路去證物房？」

「如果是我的話，就算沒有監視器，也會走安全樓梯，然後盡量避開有門窗的地方。

不過那夥人十分跋扈囂張，應該會正大光明地走主走廊上去。」

「我也這麼想，那麼他們就只有一條路可以走了。我們順著那條路線迎上去，肯定能碰到他們。」他抽出一根菸，就那麼含在嘴裡。

「如果他們的目的和我們一樣，我就將東西搶下來。如果不太一樣，那就各取所需，我們也犯不著打草驚蛇去招惹他們。」

我微微有些驚訝：「你也覺得那夥人是衝著人頭像來的？」

「不然還有什麼理由？」楊俊飛咂巴了下嘴，「最近這個城市沒有什麼大案件發生，也沒大毒梟或達官貴人落網，把柄被放在證物室裡。既然沒有值得那些人這麼大手筆地犯案，稍微像樣點的也就那玩意了。

「青銅人頭像，或許還有其他人或者某個龐大的組織知道其存在吧。」他推測道，「況且，它那種接觸過的人都會被詛咒的能力，你不覺得很神奇嗎？恐怕可以用在許多見不得人的勾當上。」

我不置可否，率先跨入了警局的後樓。

走廊上空蕩蕩的，黑暗、寂靜，沒有任何的聲音。

腳上特製的鞋子踩在地上，原本該悄無聲息的，但在這種如死的寧靜中，也發出了聲響。只有靠很近後才能聽到的聲響。

楊俊飛緊跟在我身後，如老鷹般銳利的視線不斷地掃視四周。

這一刻我才清楚地感覺到，這位大偵探偷雞摸狗的技能有多麼純熟高超。明明知道他就在我身後，就在不到十公分的地方，只要我伸手就能碰到他，但是我偏偏無法感覺到，只是下意識地覺得身後一定是一片虛空，黑暗的虛空，除了自己外，不會再有其他人。

就這樣相對安靜的，默默地走著，一路上完全沒有遇到想像中的那夥人。然後，我們站在證物室的門前，而且那扇門還好好地關著，靜悄悄地完整得如同家裡馴養的羊。

「怪了，難道我判斷錯誤？」楊俊飛撓了撓頭。

我搖頭：「不可能。除非他們的目標真的不是人頭像，甚至不考慮到證物室。當然，還有最後一種可能！」

我和楊俊飛對視了一眼，身體立刻緊繃起來。

「很有可能。」楊俊飛意味深長地看著近在咫尺的門，悄聲說道，「或許那夥人發覺自己被跟蹤了，正在目的地悠閒地喝著茶，守株待兔。」

「臭小子，會不會開槍？」

楊俊飛掏出不知從哪裡搞來的槍，扔了一把給我，見我稍微有些猶豫，笑道：「放心，裡邊的是麻醉彈，死不了人的。不過麻醉效力稍微強了那麼一丁點，據說就算是大象被打中，也會在三秒鐘內舒服地睡個十二小時。」

我在嘴角扯出一絲笑容，哼了一聲，用雙手微微將槍口抬起，毫不猶豫地指向屋內的位置，然後向他示意。

楊俊飛點點頭，狠狠地一腳將門踢開，然後在那一瞬間倒向地上，翻身進了證物室。我拿槍的手緊張到不斷冒汗，準備在看到任何可疑物體的剎那扣動扳機。

就算鬧出了這麼大的動靜，證物室裡甚至走廊上依然靜悄悄的。聲音的漣漪向外蕩漾開，然後越來越遠，終於消失得了無痕跡。

四周，依然沒有任何動靜。

證物室似乎一個人都沒有，就連值班的那名員警也不在。

我整理了下情緒，緩慢地走進門，然後將門緊緊地關上。

楊俊飛絲毫沒有閒著，用眼睛一個地方接著一個地方地搜查可疑的東西。許久後，才嘆了口氣：「這裡沒有人。」

我堵在門口的位置，打開手電筒，開始觀察起四周。

這間證物室，我以前曾經因為好奇偷偷地來過一次，所以並不覺得陌生。這是個接近三十坪大的房間，正中央擺著兩張桌子，上邊有電腦、電話等物件，值班人員一般就在這個位置。

圍著值班桌，呈輻射狀擺放著三十幾個櫃子，上面放滿了各種案件遺留下來的物件，從瑣碎得如牙籤一般的小東西，到可以裝下人的養魚大陶盆等等，應有盡有。

我們分工合作，一個在左，一個在右迅速地尋找著此行的目標。可是，找遍了所有櫃子都沒有任何發現。

「被帶走了？」頓時，一種挫敗感爬了上來。我苦笑了聲，稍微有些無力地倚在牆上。

「不見得。」楊俊飛慢吞吞地說，「一般而言，如果從證物處拿了東西後，擺放的標籤也會被撤下。但這裡邊並沒有東西被拿走，標籤還在的情況，雖然這裡在沒多久前確實被翻過。」

「你是說，他們也沒有找到東西！」我眼前一亮。

「嘿嘿，當然。臭小子，你還太嫩了！」楊俊飛得意地道，「以證物室來說，一定有隱藏的保險櫃，用來放極為重要的證物。你給我站在那裡等一等。」

國際級的大偵探果然有國際級的偷雞摸狗風範，只見他在牆壁上敲敲打打，不久就在右邊一個普通的角落找到了玄機。

他從身上掏出了一些莫名其妙的怪異工具，沒幾下，雪白的牆壁便被掀開，露出了泛著銀白色金屬光澤的保險櫃。

「靠！這種保險櫃也未免太老式了吧，根本就沒有挑戰性！腐敗，實在是腐敗！有錢弄那些虛有其表的噱頭，居然捨不得花錢把硬體設備換一換。這種鎖，白痴都會開。」

他嘴裡不斷嘮叨著，弄了幾下保險櫃的門就「喀吱」一聲彈了出來。

果不其然，那兩個青銅人頭像真的安安靜靜地擺放在保險櫃裡。

「接著。」楊俊飛將其拿了出來，然後立刻像摸到了燙手山芋一般扔給我，「這鬼東西，我可不想再摸第二次。誰知道會不會交叉感染！」

「靠！又不是感冒。」我不屑地用眼神鄙視他，然後將人頭像塞進背後的包包裡。目的達到，也該功成身退了。

我們樂滋滋地拉開門準備開溜，猛地，居然看到一個人影靠在正對門的牆上。雖然因為黑暗而看不清楚他的樣子，但明顯是個男人。

那男人，似乎也在樂滋滋地笑著，笑得很開心，然後向我們攤開了右手……

※　※　※

DATE：五月二十五日凌晨？

這裡是哪裡？自己究竟是什麼時候來的？自己，怎麼來的？

謝雨瀅醒了過來，迷惑地望著四周的風景。

早就不記得身上發生過什麼事情了。只隱約地回憶起自己從家裡出來，準備到學校的樹林裡將那個青銅人頭像挖出來。

然後！然後！然後又發生了什麼事呢？

她托著下巴仔細思考。記憶如同斷掉的弦一般，不但變得瑣碎，而且斷得很徹底，只能一段一段地想起片斷的東西。

自己確實出了門，騎著自行車向鄰鎮去。應該有四十幾分鐘吧，就到了從前學校的後花園，那個埋藏著時間盒的樹林。

由於時間還早，天還只是剛剛亮，四周很暗，還好自己聰明地帶了手電筒。那時風不算大，不過卻異常的冷。

謝雨瀅用小鏟子將鬆垮的浮土挖開，很快就找到了時間盒。然後她把那個該死的人頭像揣進懷裡，又將土填回去，接著急忙地離開了那鬼地方。

記得，似乎手指接觸到人頭像的一瞬間，身體猛地感覺到一股惡寒，凍徹心扉的惡寒。冷得她不由得打了個寒顫。

四周的風也彷彿猛地吹了起來，呼嘯著，颳得四周的樹幾乎折斷了腰。

天空好像更黯淡了。

本來還稍微有些亮的天際或許因為霧氣的關係，越來越陰暗。奇怪，不知從什麼時候開始，外邊的霧變得那麼濃重，濃重到就算開了手電筒，光芒也照不到三公尺外。

視線被壓縮得很近，基本上看不到遠處的景象。

謝雨瀅拉緊外套，本來就膽小的她，不斷地在心底叫喚著夜不語的名字，終於鼓足勇氣向前騎去。

出了校門，霧更濃了。手電筒的光芒吃力地破開層層白色，在光線中，霧氣瘋狂地翻騰，猶如液體一般攪動，形成各種各樣的怪異圖像。

突然，身後傳來了腳步聲，十分怪異的腳步聲。那個腳步聲很整齊，但是不太尋常，像是一跳一頓，非常有節奏。

是誰在自己身後跳著追過來？而且追的速度並不慢，不久後便到了清晰可聞的地步。

猛地，她突然想起一個故事，一個很早以前流傳在這個城鎮的故事。

據說當時學校附近的一條大河剛整治好的頭幾年，有很多人跳河自殺。此後這條水並不深也不急的河流就常常出現怪異的事情，陸陸續續有很多人不小心掉進水裡，莫名其妙地淹死了。

後來不知為何，便盛傳鎮裡鬧殭屍，最後連電視台都出來闢謠。

據當時內部的可靠消息，其實掉下去的人不是淹死的。他們被打撈上岸後，都發現身上有嚴重灼傷的痕跡，很可能被焚燒過。有關部門還派人調查過，不過調查到最後，也不知道為什麼不了了之。

當時，她正好讀小學五年級。

那時候據說殭屍還扮成人的樣子，坐火車到處跑，看到合適的就咬。當時謝雨瀅怕得要命，放學回家時害怕會遇到殭屍，身上還暗暗掛著十字架、大蒜什麼的，就連手上都戴著十字架的手鍊。

不久以後，大概過了十天左右。有件事情更是鬧得沸沸揚揚，報紙也報導了。似乎有種奇怪的動物在這個小鎮附近的農村，襲擊羊群，但光喝羊血不吃羊肉，最後導致三十隻羊被吸乾血而死。

據說看著一地慘死的羊，那個村的村長眉頭緊皺愁得說不出話來。畢竟他賴以為生的羊群幾乎遭到滅頂之災，被咬死了三十多隻。

新聞報導說，襲擊羊群的是一種奇怪的動物，就連派出所民警以及市裡的幾個專家到現場看了半天，也表示暫時下不了結論。

不久後的一天下午四時，有個農民和他兒子突然發現路面上有三隻奇怪的生物，它們和人一模一樣，只是面無表情，全身僵硬，一跳一跳地緩緩向前移動。它們大咧咧地立在土路中間，朝著陳老頭齜牙咧嘴，一副兇惡模樣。

這種生物，那老農在村裡待了六十多年也從沒見過。他很快反應過來，或許這就是喝羊血的壞東西，可能由於這幾天他們趕羊上山，讓這些壞東西沒了下手的機會，餓壞了，就直接找上門來和人挑釁。

本來謝雨瀅是不怎麼信的，但她鄉下外婆家的羊也被吸血怪獸吸乾了血，這讓她更加害怕，身上戴的十字架也更多了。

又過了不久，班上開始流傳一個據說是事情始末真相的故事。

據說不久前，市考古隊在這個小鎮附近挖到了三具古屍，看衣飾、裝扮應該是清朝的。由於監管出了點小差錯，一夜間，三具古屍竟然不翼而飛！

後來沒幾天就出現了五具殭屍，專咬人頭，沒咬死的就變殭屍，最後是出動軍隊，用火焰噴射器燒死的。

不過，還是有一隻跑掉了，那隻跑掉的殭屍到了鄉下，被咬到的動物都成了殭屍，不但襲擊動物，還會襲擊人。

當時一時間出現了很多殭屍，地方軍隊出動了化學兵部隊費了老大的勁，掛了很多人才將其搞定的。

只是那隻跑掉的殭屍，一直都沒有找到。

會不會身後的那個不斷跳動的東西，就是那隻沒落網的殭屍？

謝雨瀅怕得全身僵硬，身體不斷地發抖。

跳動的聲音越來越接近了，她緩緩地回過頭，只見濃霧中，一個人形的生物，一跳一跳的，由遠至近，身影漸漸清晰了起來……

To be continued……

番外・死靈盒（上）

望著我的你，眼眸就是我的明鏡。你眼中倒映出的，究竟又是誰？

被淋濕的記憶，刺瞎了的雙眼……

1

這個世界很古怪，古怪到很難將怪異的事情記載完。你好，我是夜不語，一個經常會遇到常人難以遇見之事的男孩。當然，古怪的事情，並不是僅僅只有我才會碰見。這次，我仍舊會講述一個，朋友的朋友身上聽來的，離奇恐怖的故事。

或許每個人多多少少都有些古怪的嗜好。例如有人喜歡咬手指甲；有人喜歡將頭皮屑撓在課桌上；有人將新鮮的痂剝掉；也有人喜歡吃別人的痂。而危賢的愛好，反而很簡單明瞭。他喜歡尋寶。

身為鳴海高中高一一班的學生，危賢算是個異類。他不喜歡吵鬧，也不參加任何社團活動。甚至，沒有任何朋友。一到下課或者遇到體育課，就會拿著兩根吸管和兩截彎曲成L形狀的鐵絲，在學校各處走來走去。所以別的同學幾乎都認為他是怪人，更加地敬而遠之。

危賢從來都不以為意，他覺得學校裡所有人都挺笨的。因為沒人知道他手裡這個簡單的工具究竟是什麼。如果有英漢詞典的話，可以查查 Dowse 這個單詞。也就會明白危賢從來不離手的東西，到底有多神秘。

L狀的鐵絲的一端插在吸管中，雙手握著吸管，就能根據鐵絲的開合變化尋找寶藏。

許多書裡都有諸如此類的記載。危賢從小就迷上這種尋寶工具。沒錯，他手裡的簡易裝置，正是鼎鼎大名的淘金棍，又名水脈探測器。

今天是星期五，還有三分鐘，下午的課就結束了，兩天的假期雖然不長，卻足夠令人雀躍。教室裡所有人的心思都飛到了天空軟綿綿的雲朵外。

「危賢，去打籃球嗎？」前排的男生悄聲問。

危賢搖頭，心裡卻在冷笑。人與人之間真的很搞笑，這個世界為什麼總會有那麼多自以為是的熱心人類？熱心腸們老是認為不合群的人就一定會孤獨。殊不知，他可是忙得很。學校操場後的老宿舍被推土機推倒了，廢棄物剛被運走，空曠安靜。完全就是尋寶的首選之地。他可沒心思去迎合無聊人士。

熱心男同學見他搖頭，也沒在意。放學的鈴聲準時響起，每個人都如同在跟鈴聲賽跑。還沒等講台上的萬閻王宣布下課，心急的人已經飛奔出了教室門。

危賢慢吞吞地整理好書包，透過窗戶玻璃，看著湧向學校正門的人潮，緩緩地搖頭。人類啊，難道不知道什麼叫做冷靜自持嗎？

星期五的下午，太陽如同燒餅般掛在天空，學校恍如退潮的海灘，空落落的，寂靜荒涼，猶如異域。等危賢來到操場後，偌大的場地，居然看不到一個人。

體育設施在操場的角落裡孤零零地拖曳著長長的影子，沙土地面偶有綠色的草長出來，卻更顯得荒涼。果然是個小地方，據說大城市都改鋪 PU 地板了，就只有這裡依舊是沙土地。不過，沙土地才是尋寶的好地方。

危賢的尋寶習慣已經持續了八年，對於高中生來說，討厭的中二病已經很令人心煩了，而能堅持一個愛好那麼多年，足以見得危賢的腦袋也不太正常。從他老是「人類，人類」的口頭禪就可以看出，這傢伙壓根不把自己當人看。

栽在教學樓和操場之間的綠化帶在風的吹拂下，發出嗚嗚的怪異聲響。樹腰彎了下去，像是有一雙無形的大手在使勁地壓迫它。樹影落在地面，就如同張牙舞爪的怪物。沒人的校園，就算是陽光明媚的豔陽天，都略顯得有些恐怖。

危賢的膽子很大，屬於夜晚也敢去墳場吃宵夜的類型。雖然他也不知道自己所謂的尋寶愛好能為自己帶來什麼，但就是像上癮般找個不停。或許，這算是一種強迫症吧。八年的尋寶，找到了無數的廢棄金屬，真正意義上的寶物，還真是一件也沒有。但危賢依然樂此不疲。

今天的風吹得很不尋常，熱浪襲人的溫度在吹拂到臉上後，居然讓人感覺隱隱發冷。危賢慢慢地走向早就被夷為平地的老舊宿舍，這塊地被圍牆圍了起來，鬼知道學校想要在這上面蓋什麼。他找了一處低矮的位置，將書包向裡邊一扔。又心虛地左右看了看，這才跳起來，手抓住牆沿，翻了進去。

這傢伙絕沒有想到，今天他的無聊愛好，會為他帶來什麼可怕的後果。世上的事總是難以預料，如果他沒有翻入舊宿舍的話，到底還會不會有這個故事，也很難說清楚。

可世間本就沒有那麼多的如果。

拍了拍腿上的灰塵，危賢看著這片被圍牆包裹起來的世界。直徑足足有兩百多公尺寬，呈橢圓形。來不及運走的廢棄物還亂七八糟的堆放在不遠處。地面凹凸不平，大量的垃圾充斥在視線所能觸及的一切位置。

不知為何，危賢突然打了個冷顫。這裡邊，似乎要比圍牆外要冷一些。看看手錶，下午五點四十五分，天空的太陽已經落到了圍牆後，略微帶著暈紅的夕陽將滿目瘡痍染得光怪陸離。牆內牆外，居然彷彿像兩個世界。危賢撓了撓頭，眨巴了幾下眼睛，也沒太在意。

幹活了！他掏出自製的淘金棒，在這塊推平的老舊建築上走來走去。據說這些宿舍的歷史可以追溯到幾十年前，在蘇聯援助下蓋的。不過如此久遠的傳說，離他更加的遙遠。況且，他本就不在乎。

淘金棍雖然簡易，不過功能一點都不簡單。危賢手握著吸管部分，一邊走，一邊用眼睛死死地看著插在吸管上的鐵絲。這淘金棍的原理據書上講，因為地底的地脈或者金屬磁場作用在金屬棍上的緣故，L形的鐵絲如果朝內合攏，便代表地下有表層水脈。如果朝外撇，那就不得了，或許會找到黃金。

當然，他危賢從來沒有找到過金子什麼的，垃圾倒是挖出了一大堆。

今天真的有些古怪。平時都很穩重的淘金棍，沒多久就劇烈晃動起來。一會兒朝左，一會兒朝右，甚至還無規則的亂轉。危賢有些傻眼，他活了十七年，找了八年的寶，從來就沒有遇到過這種事。

這片老舊的宿舍大樓底下，究竟有什麼？

危賢一步一步的慢慢挪動著，隨著淘金棍的律動而轉移方向。足足找了一個半小時，周圍的天空已經陰暗下來時，他才勉強找對地方。

手中的淘金棍顫抖得厲害，彷彿他手裡拿的是不斷強烈震動的手機，手都被震軟了。正當他走到這片荒地的東南方，毫無預兆的，吸管中的兩根鐵絲猛地飛了出去。就如同被強烈的磁場逮住，死死地貼在了幾公尺外的地面上。

危賢走過去用手抓，居然拿不起鐵絲。這兩根原本輕飄飄的鐵絲現在彷彿重逾千斤，緊緊地吸附著那片看起來非常平凡的土層。

奇了！怪了！難道下邊有一塊巨大的磁鐵？不對啊，他身上的鐵製品也不少，可居然一丁點反應也沒有，只有那兩根鐵絲被吸附住。

危賢猶豫了片刻，好奇心佔據了所有的理智。他從書包裡取出折疊鐵鍬，小心翼翼地碰了碰地上的鐵絲。沒有任何磁鐵該有的吸附力，鐵鍬很輕易地抬了起來。這令危賢百思不得其解。

他撓著頭決定將底下的東西挖出來。

土層還算鬆軟，以前這塊地面應該是屬於舊建築中花園一類的地方。不知不覺，太陽偏移進了地平線，天際最後一絲紅霞也消失得一乾二淨。危賢準備得很充足，他眼看四周光源不足，乾脆又掏出手電筒照明。

這傢伙如果高中畢業後不想讀大學了，完全可以轉職成盜墓分子。

挖了不知道多久，土坑已經被挖出了一公尺深。終於，鐵鏟碰到了一塊硬邦邦的東西。空寂的空間裡，因為兩者的相撞，發出了刺耳的金屬鳴叫。危賢難受地捂住耳朵，隔了好久才用鏟子將最後的幾塊土撥開。

一個方方正正的盒子頓時露了出來。

這個盒子大概只有手掌大小，通體布滿了銅鏽，也不知道埋在地底多少年了。看起來像是個古董！

危賢興奮地險些號叫起來，八年了，總算找到一樣像樣的能夠擺在房間裡炫耀的東西了。這傢伙心急地抓著手電筒跳入坑中，將盒子捧在手心。觀察了一番，卻看不出個所以然來。只感覺很古舊，而且，上邊的花紋十分怪異。

盒子上沒有鎖，輕鬆地就被打開了。

危賢就著手電筒的光看了看，不由得大失所望。

盒子裡居然空空落落，什麼都沒有。他有些失落，本以為會找到什麼驚天地泣鬼神的驚人物品，例如可以修仙的秘笈、又或者吃一顆就會變成神的丹藥，再不濟也是珍珠瑪瑙黃金珠寶什麼的。可惜雷聲大雨點小，淘金棒晃成了那種可怕幅度，找到的竟然是一個空殼子。

索然無味的他便將古舊的盒子隨意放進書包裡，離開了。

這傢伙絕對沒有想到，其實他在無意間，打開了一個不該打開的東西。等待他的，將是難以描述的恐怖經歷……

2

誰的眼睛不是一塊明鏡呢？沒錯，每一個人在看到世界的同時，眼睛裡也會倒映著世界。如果仔細看，就會發現，默默注視你的人的眼眸中，你在她或者他眼中的模樣，其實並不難琢磨。

因為，你，正倒映在他的雙眸裡。

危賢最近感覺很不對勁，就連十分喜歡，八年來從不間斷的尋寶遊戲，也不怎麼感興趣了。他不想上學，不想照鏡子，甚至不敢出門見人。當然，他的模樣還是從前的模樣，既沒有變帥，也沒變醜。別人眼中的他，跟從前並沒什麼不同。

可他卻實實在在地害怕這個世界。而害怕的根源，要從三天前的一個晚上說起。

那晚他如往常般做完功課後上廁所，路過客廳時，突然感覺一陣寒意湧上。對面牆壁上的螢光鐘，指著十一點整。老爸老媽早已經睡了。周圍黑漆漆的，伸手不見五指。只剩下背後自己房間中的燈光，像是切奶油的刀似的，費力地切割著客廳中的黑暗。

他背對著光，投影在牆上的影子，扭曲得極為悚人。危賢剛開始還沒注意，等他打開廁所的燈，從馬桶上坐起來，去洗手台漱洗時。那一刻，他驚呆了。白色的燈光將這個不大的空間照得雪亮，鏡子中的他，有些不太像他自己。

那是一股說不出來的感覺，總之危賢越看鏡子裡的臉越感到陌生。雖然他也搞不太清楚，到底哪裡不對。鼻子沒變，眼睛沒變，臉部輪廓也沒任何不同。但危賢就是莫名其妙地覺得鏡子中的他，很陌生。

他看著鏡子，愣愣地看了很久。鏡子中的自己，也在愣愣地看著他。半晌，他才放棄似的搖頭，回房間睡覺。

或許，只是錯覺而已。

這傢伙如此琢磨著。

可是第二天一早，等他進廁所漱口，再次照鏡子時。鏡中映著的模樣，變得更加陌生。危賢眨巴著眼睛，有些被鏡子中的自己看得手腳發冷。他急忙移開視線，敷衍地漱洗完，然後匆忙離開了。

錯覺！錯覺！

危賢輕輕拍著臉，有些皺眉，自己最近是怎麼了？

上學路上，路過任何一塊能夠倒映自己的物體時，他居然神經錯亂的感覺到，鏡中的自己，更加陌生了一分。沒有理由，沒有原因。一整天下來，危賢幾乎快瘋掉了。

「我這腦袋在想什麼，八成是前段時間恐怖片看多了，受到影響了！這麼明顯的幻覺，嗯，嗯，舒服睡一覺，明早醒來肯定不藥而癒。」他睡覺前，漱洗時不敢去洗手台，只得背著鏡子拿了牙刷，蹲在馬桶前漱口。然後又對著牆用亂七八糟、邏輯混亂的自言自語激勵自己。

第二天，這古怪的症狀沒有消失，反而明顯加重了。

鏡中的他完全變成了異卵雙胞胎的兄弟，模樣還是他，可左看右看，老是不像他自己。彷彿是隔著鏡子跟他做同樣表情同樣動作的別人。

危賢打了個哆嗦，不敢再看下去。他慌忙地抓住書包，就連上學路上都深深埋著頭，總怕看到能夠倒映出他模樣的任何物體。可是，哪有那麼容易能不看見自己的倒影，就算是一碗水，也能在光照下將喝它的人映得清清楚楚。

他一整天便在擔驚受怕中度過。整個人顯得更孤僻，更古怪。坐他前排的男同學見他臉色慘白，額頭上不斷冒冷汗。便趁著老師寫黑板時，轉過頭小聲問：「喂，你怎麼了？」

危賢被嚇了一跳，整個人下意識地後仰過度，險些栽倒在地上。

「危賢，你在幹嘛？安靜點！」萬閻王的視線剛好轉過來，看到他耍寶的模樣，氣得差點把手裡的粉筆扔過去。

危賢立刻低著頭，不吭一聲。他心裡又驚又怕又亂，該死，他就坐在靠窗的位置。該死，為什麼是陰天。該死，只要一轉頭，窗戶的玻璃就將他的模樣清清楚楚地倒映出來。不小心瞥到，就會嚇得他冷汗直冒。

窗戶玻璃倒映著的他，已經面目全非了。那種對自己陌生的變化，似乎在一步一步緊逼，將他逼到無法躲避的死角。

趁著萬閻王再次轉頭寫黑板，前桌不屈不撓的發揮熱心精神，關心地問：「你病了嗎？要不要去保健室休息一下？」

前桌的臉就在離他近在咫尺的位置，他看著他，瞳孔在光線中形成了一個小世界。這個世界裡有半個教室，以及他自己。危賢避無可避，猛地看到了前座瞳孔裡倒映著的一切。頓時，他嚇得差點沒心跳停止。

只見前座男同學眼中的他，已經扭曲得遠遠難以用古怪二字來形容了。他就像被哈哈鏡縮短曲解，何止是模樣陌生，甚至，甚至不能稱為人。

他下意識地摸著自己的臉。那同學眸子裡的怪物卻沒有摸臉，只是用恐怖的雙眼一眨不眨的盯著他看，死死地盯著他看。

危賢再也忍不住了，他「嗚哇」一聲，顧不上拿書包，只是一邊恐懼地尖叫，一邊用發抖的雙腿帶著自己的身體衝出教室。

身後，只留下萬閻王叫他回來的罵聲，以及全班所有人的愕然。

第三天，危賢一大早就用被子將自己的頭捂了起來。他關掉電燈，將窗簾緊緊拉上。屋裡燈光暗淡，這種黑暗，令他稍微安心了一些。至少再不用從別的物體上看到自己的可怕模樣。

老媽進到房間裡，先勸後罵，怎麼也沒辦法將他弄出房間去上學。老爸嘆了口氣，將老媽勸走，然後語重心長地說：「小思，你從小就是乖孩子。有什麼事情你就說，老爸替你撐腰。是不是學校裡有人欺負你？」

危賢在被子裡搖頭，他一整晚都沒睡著。他不敢睡，一睡覺就會作惡夢，夢到鏡子裡越來越恐怖的自己。

「那休息一天吧，明天再去學校。」老爸也搖搖頭，輕輕地替他關上房門。

一整天，危賢食不下嚥，也不敢爬出被子。弄得他老媽氣得跳腳，就算用蠻力將他拉出門，沒幾秒他就會連滾帶爬地回床上。依舊用被子緊捂住頭。

他老媽已經完全沒轍了，尋思著明天帶他去醫院看看。

傍晚，一個長相甜美的女孩敲了敲危賢家的門。

「阿姨，我是危賢的同學。幫他帶講義和書包來了。」女孩十分有禮貌地衝著愕然的危賢老媽行了個禮。

「快進來。呵呵，還是第一次有同學找我家小思。」老媽頭痛地將女孩引進房間，指著危賢緊閉的房門道：「最近他有些奇怪，麻煩妳替我開導開導他。」

「嗯，阿姨放心。危賢在班上就是很好相處的同學。」女孩乖巧地點點頭，走到房門前敲了敲門，「危賢，我是趙韻含，你的同學喔，就坐在你後邊的後邊的後邊。我家順路，所以老師要我把講義和你留下的書包送過來。」

危賢悶聲不回應。

「你不吭聲，那我就自己進來了喔。」趙韻含推開房門，看到房中漆黑一片，不由得皺了皺眉頭。她將講義和書包放在書桌上，手伸向電燈開關。

「別開燈。」危賢喊道，聲音慌亂。

「喔，你怕亮？」趙韻含眨巴著眼睛，完全不善解人意地按下了開關。節能燈的白色光譜頓時充斥了前一刻還黑暗的空間。

危賢驚叫了一聲，將自己的頭深深埋進雙膝間。

「你身上似乎發生了什麼奇怪的事情。我觀察你兩天了，老是看你不敢看鏡子和能夠清楚倒映出影子的物體。」趙韻含很好奇，「你究竟遇到了什麼怪事？能講給我聽嗎？」

「不要，說了妳也不會相信。」危賢感覺自己全身都在發抖。他委屈得要命，自己究竟得罪了誰，為什麼要受這種罪！

「你不說我怎麼知道。」女孩微微嘟著嘴，走上前將蓋在他身上的被子一把扯開。

「別看我！別、別看我。」危賢全身一顫，慌忙地躲避趙韻含的視線。

「行，你講給我聽，我就不看你。」女孩抓住他的腦袋，想要讓他和自己的眼睛對視。

「我講，我講還不行嗎？」危賢掙扎著，瞥了女孩清秀的臉一眼，然後拚命掙脫了她的手。

這個趙韻含，真是不講理。身為人類怎麼能這樣！他在內心中為自己默哀，然後三言兩語將自己最近三天發生的怪事講述了一次。

聽完後，趙韻含久久沒有作聲，臉上更是什麼表情也沒有。

危賢探了口氣：「妳看，我就說妳不會相信。」

「你哪隻眼睛看到我不信了？」趙韻含嗔了他一眼，她在房間裡走來走去，然後說：「從你的經歷上猜，或許再這樣下去，會有生命危險。」

「怎麼可能！」危賢被她無來由的話嚇了一大跳。

「去這裡試試吧，等我走了再打開看。」趙韻含想了想，在作業本上扯下一張紙寫了些東西，折疊了幾下，遞給他，「如果你還想要命的話，明天立刻去。」

等女孩離開後，危賢驚疑不定地打開折紙，上邊是一行地址：

舊校舍物理實驗室　禮拜四下午六點

這是什麼東西？

3

不是每間學校都有舊校舍，但凡有舊校舍的學校，就一定多多少少流傳著一些關於舊校舍的，該校特有的恐怖故事。

嗚海高中有舊校舍。不過恐怖故事，對危賢這個只知道尋寶遊戲的死小孩來說，實在太遙遠了。他不清楚，也不在乎。畢竟，這傢伙就連前座那熱心男同學叫什麼名字，也沒記住。

這所學校佔地很廣，雖然是橢圓形，可是舊校舍的遺址東一塊西一塊地佔據著學校的許多好位置。例如有著物理實驗室的舊校舍，就位於學校的西南方一隅，十分偏僻。學生們也很少過去。

舊校舍的年代早已經無法考證，也不知為何沒有拆除。大概是因為校園本身很大的緣故吧，不需要為新的建築騰出空間。四周有許多古樹，十分蔥鬱。這在越來越城市化的鳴海市，實在很難得。

危賢在校門口一直等到了下午五點半，放學的學生才陸續走出學校。他一副小偷的模樣走進去，偷偷摸摸地朝著舊校舍的方向猶豫不決地邁開腳步。這傢伙到現在都還在遲疑，那個叫趙韻含的同學為什麼要自己今天去舊校舍的物理實驗室？

那裡有什麼能救自己的秘密嗎？還是說那女孩，其實知道些不尋常的東西？畢竟普通人絕對不會那麼輕信如此古怪可怕的事情，可趙韻含偏偏眉頭都沒皺一下便信了。

今天是發生異變的第四天，危賢更加害怕，更加不知所措了。不知為何，他清楚地知道，或許趙韻含臨走前說過的話並不假。自己確實有生命危險。

再這樣下去，他，恐怕就不是他自己了。

不論真假還是玩笑，去那張紙條上的地址，是最後一根救命的稻草。危賢，沒有選擇。

舊校舍的大門緊閉著，不過前庭倒是很乾淨，似乎有人經常打掃。危賢看了看周圍，木質大門上的漆面斑駁，很有種歷史的淒涼。一樓有一扇窗戶沒關緊，他上前推了推玻璃窗。窗戶很輕易地側滑到了一旁，露出輕鬆就能容人翻入的空隙。

這扇窗，看來也有經常保養。

危賢沒想太久，翻進了舊校舍裡。走廊比他想像的要乾淨得多，格局似乎也跟新校舍差不了太多。透過右側模糊的玻璃窗可以看到一樓的教室內部全都空蕩蕩的，沒有任何桌椅，只是有些昏暗詭異。

網路是個好東西。今天早晨在校內論壇發文問了問舊校舍的物理實驗室。許多熱心八卦的同學立刻回覆了，大多是些古古怪怪的鬧鬼傳聞。但有人還是回答得很清楚，物理實驗室在這棟舊校舍的三樓最裡邊。

人在空寂無人的地方對聲音會變得很敏感，危賢盡量不去看能倒映自己的物品。他的腳步聲因為這個空曠的空間而無限放大，傳進耳朵裡，令他有些沒來由的害怕。走上樓梯，到了三樓，越是往裡走，他越害怕。

不光是怕這裡的環境，更怕失望。畢竟，他已經不知道該怎麼辦才好了。如果這裡無法尋求幫助的話，他，只能躺在床上閉著眼睛等死嗎？

危賢雖然孤僻，覺得自己是獨一無二的新人類，是與眾不同的，但再怎麼與眾不同，也怕死。

終於，他來到了物理實驗室前，緊張地吞了口唾液。手錶的指針，正好指向下午六點！

物理實驗室的門緊閉著，這裡很乾淨，應該每天都有人打掃。出乎意料的是，門上大剌剌地貼著一張從影印紙上裁剪下來的紙條，上邊用很可愛的字體寫著：MM研究室。

你妹的！什麼叫做 MM 研究室？危賢頓時覺得頭大。MM？美眉研究室？受虐狂春天研究室[1]？還是公鼈研究室[2]？這究竟是什麼意思啊！

光是看這張亂七八糟不倫不類的招牌，危賢心裡就打起了退堂鼓。寫這張門卡的人，絕對不怎麼樣。雖然字確實挺漂亮的。

他猶豫片刻，伸出手在物理實驗室的門前隨意按了一下。頓時，這傢伙的眼珠子都快瞪了出來，剛才還緊閉的房門接觸到自己的手後，悄無聲息地開啟了。

太先進了，難道這扇門安裝了指紋識別系統？還沒等他驚訝完，屋裡的強烈光線與走廊的昏暗產生的反差已經令他下意識地閉上了眼睛。只感覺背後無形的吸引力將他朝前邊使勁兒一推，等他再睜開眼時，已經到了一個完全難以置信的場所。

這個空間很大，布置得也很溫馨。從目光所及的範圍觀察，大概至少有七十來坪。舊校舍的物理實驗室有這麼大？

危賢眨巴著眼睛，不知所措地站在門口。對面不遠處擺放著一組六人沙發，貴妃躺椅上慵懶地躺著一個穿著整齊的女孩。女孩的上身是黑色的校服，打著紅棕色的小巧領帶，兩排銅釦在燈光下閃閃發亮。下身棕白相間的百褶裙似乎經過修改，只遮蓋住一大半的修長大腿。

這應該是鳴海學院高一的校服。

女孩的身材嬌小完美，平順的劉海以及精緻的五官。怎麼越看越眼熟？

危賢突然感覺腦袋有些暈。這不就是昨天遞給自己紙條，聲稱是自己同班同學的趙韻含嗎？她怎麼在這裡？

「你來了。」趙韻含漂亮的眼睛望向他，還沒等他反應過來，張口道：「看這邊。」危賢愕然地循著聲音的方向望過去。只聽「喀嚓」一聲，女孩已經掏出手機對著他照了一張相，然後優雅地站到了他跟前。

下意識地瞥了那支手機一眼，危賢又愣了。是一支翻蓋手機，看起來有些年頭了。現在的手機流行觸控式螢幕，系統用的都是安卓或IOS什麼的，純粹的功能型手機在高中生裡已經很少見了。

難道這位趙韻含同學是窮人家的孩子？

「放心，我家還沒窮到慘絕人寰，買不起手機的程度。」趙韻含一頭黑色短髮，促狹地看了他一眼，「本美女只是單純喜歡這支手機罷了。」

危賢大吃一驚，難道這傢伙會讀心術？

「放心，我也不會讀心術。」趙韻含淡淡一笑，「只是你的表情都寫在臉上，想法實在太好猜了。」

---

1 Masochism' March（受虐狂的春天），典故來自《MM一族》。

2 Millimeter（公釐）

危賢頓時打了個冷顫。這自稱是自己同班同學的女孩究竟什麼來頭，似乎很厲害？她為什麼將自己騙到舊校舍？有什麼話，昨天下午在他房間裡不能說清楚嗎？

「你看看我剛才替你照的相。」趙韻含沒有繼續跟他扯，很快進入了正題，「你有沒有看到奇怪的地方？」

翻開的手機螢幕上顯示著自己傻呆呆的表情，不過那確實是他自己，沒有變成別人，也不像是怪物。

「你印象中的自己，和螢幕上顯示出來的，是一個人嗎？」趙韻含又問。

危賢點點頭：「是。」

「我看到的你，跟我照下來的你，也是基本一致的。」趙韻含同學用稍微有些毒舌的語氣說，「傻氣十足，大腦發育未完全。」

危賢鬱悶，正想反駁，女孩居然自顧自地思忖了起來。

「看來要換個形式證明你究竟有沒有出問題。」她想了片刻，突然舉起手機，目光炯炯有神，聲音婉轉有力地輕喚：「開啟虛妄之扉！」

沒有雷電轟鳴，也沒有變身，更沒有驚天動地的天象變化。只有一股看不到的清風猛地撫過臉頰，危賢被女孩出人意料的舉動嚇得呆愣在原地。這位看起來很聰明漂亮的同學，是在耍寶嗎？

「你，再看看這張照片。現在鏡子中倒映出的你，是不是這東西？」趙韻含再次將手機遞到了他眼前。

危賢下意識地看了一眼。頓時，整個人彷彿被電擊似的跳了起來。他渾身發抖，眼中全是恐懼。照片中的他完全變了一副模樣，猙獰恐怖的血紅色眼睛，滿口獠牙，佝僂的脊背以及高高隆起的骨架，可怕得難以敘述。

這、這正是他從鏡子裡倒映出的自己。是他無法醒來的惡夢。是他絕望的根源。每多過一分一秒，他就覺得鏡子裡的怪物會跑到現實中，將他拖入鏡子裡吞噬掉。

「看來你確實是遇到大麻煩了。」女孩從他的表情中就讀懂了一切，輕輕嘆了口氣，說道：「重新認識一下，我是MM研究社的社長兼雇員。你的事情我已經大致清楚了，放心，我會幫助你的。」

「怎麼幫？」危賢心底有些絕望，眼前柔柔弱弱的女孩，真的能幫自己？這可是毫不懷疑確確實實的超自然事件！

「這個，你就不用管了。我自然有辦法。」趙韻含很有自信，微微挺了挺自己姣好的胸膛。

危賢苦笑，指了指手機：「照片上的怪物究竟是什麼？」

「不知道。」女孩不負責任的回答。

「那妳還幫我！」

「都說了，本美女自然有辦法。」趙韻含伸出右手手指，在他眼前晃了晃，「不過在幫你之前，還是來談談報酬的問題。」

「報酬？」危賢滿臉懷疑，「難道不是免費的？」

「當然，這話多好笑。這個世界哪有白吃的午餐，得到一些就注定要失去一些。沒人會平白無故地幫你。」趙韻含嘲諷道，「實話實說，幫了你我能得到什麼？」

「我可沒錢。」危賢下意識地捂住錢包。

「我要的不是錢。」女孩淡淡笑道，一副高人模樣，眼神卻炙熱了起來，「七天前，你去過已經被推倒的舊宿舍大樓，對吧？你的愛好是用淘金棍找破爛。我就要你從舊宿舍裡找到的破爛！你不吃虧。」

危賢的腦袋完全懵了，他從來沒有跟任何人提起過自己去了舊宿舍。這女孩是怎麼知道的？

他頓了頓，苦笑道：「我有選擇嗎？」

「沒有。」趙韻含親暱地拍了拍他的肩膀，「就這樣吧，從明天起，你正常上下學，做個正常人。放心，我會暗中保護你。對了，明天把盒子帶來給我！」

「這就行了？」危賢遲疑道。

「當然，我是專業人士。」女孩笑咪咪地點頭，一副財迷的模樣。

「妳的手機是怎麼回事？怎麼會照出我眼裡看到的怪物？」危賢對此百思不得其解。

「你不需要知道。」趙韻含揮揮手，「很晚了，快回家吧。」

他傻呆呆地站起身離開，腦袋很混亂，大腦至今還無法處理 MM 研究社中得到的訊息。完全不知道自己是怎麼離開舊校舍的物理實驗室的。身後的門緊閉著，外界已經一片漆黑了。奇怪的是，明明知道裡邊有人，可物理實驗室內卻一絲一毫的光線都沒有洩露出來。危賢眨了眨眼，將臉貼在不遠處的玻璃上，想看清裡邊的景物。

可是朦朦朧朧的，什麼都看不到。太怪異了，如果不是近在咫尺的門上依舊貼著「MM 研究社」的紙條，他甚至覺得自己只不過是作了一場夢。

隨著他的離去，舊校舍，只剩下一片無人的死寂。

4

肉眼能看到的東西，其實遠遠不是全部。隱藏在這個疲憊的世界中的東西，不為人知的，或許還有更多。有些科學似是而非地給出了解釋，而有些，卻遠遠難以解釋，甚至無法令人類理解。

人眼看不到的超自然事物究竟有多少？這個問題，危賢說不清。他這個人在班上沉默寡言，性格模糊，有些中二，一門心思封閉在自己的小世界裡。不過愛看書的他，還是比普通同學多知道一些課外知識。

例如超自然的東西，往往都是致命的。

禮拜五一大早，危賢回到熟悉而又陌生的學校課堂。本來就不起眼的他，幾天沒來學校，似乎也沒有引起太多同學的注意。

他下意識地向自己座位後邊的後邊的後邊看去，然後不由得呆住了。危賢本來就坐在倒數第三排，數到後邊的後邊的後邊，你妹的，那不是只有垃圾桶嗎？

那個趙韻含耍自己！

強忍住內心的不安，危賢順著上課鈴聲坐回座位。早自習還算悠閒，萬閻王也沒來。他的前座，那個聒噪又有著莫名其妙熱情的男生又轉過頭找他搭話。

「危賢，病好了？」前座嬉皮笑臉地問。

「嗯。」他愣愣點頭，在腦袋裡挖空心思地回想眼前男孩的名字。該死，雖然是同班，自己還真沒注意過班級裡的誰。唉，像自己這種性格，沒有被人欺負，實屬難得。

「李逵。」男同學樂呵呵的，指著自己的臉，「我叫李逵。」

李逵？這名字取得，實在太惡搞了，看來這傢伙的父母說不定也是極為腹黑的無良人士。危賢突然心裡一動，神秘兮兮地問道：「李逵同學，你知道趙韻含嗎？」

「趙韻含是誰？」李逵眨了眨眼睛，「美女？」

「算是美女一枚吧，她，不是我們班上的學生？」危賢皺了皺眉。

「一班沒有叫做趙韻含的美女。別說一班，整個年級的美女，我都知道。」李逵得意地挺著胸脯。

雖然已經有所猜測，可是猛地被證實，危賢還是覺得腦袋被電擊了一下。那個自稱是他同班同學的趙韻含，究竟是誰？她為什麼突然出現在自己的生活中？還有，當日在他的房間，趙韻含說注意自己好幾天了。

她，為什麼注意到他？

她，到底是什麼來歷！

想不通，完全想不通。危賢腦子有些混亂，聽課自然也不認真。一整個早晨都在想些有的沒的，一會兒是鏡子裡變得越來越猙獰恐怖的自己；一會兒是女孩趙韻含的目的。他，就快被自己折騰瘋了。

上午的時間猶如刀尖上的蝸牛，緩慢地爬行著。好不容易等到中午下課，危賢這才獨自一人向學校的餐廳走去。走廊上人很多，擁擠不堪。突然，身後有一隻小手扯了扯他的衣服。

危賢愕然地轉頭，居然看到神秘女孩趙韻含正笑嘻嘻站在自己的背後，漂亮的小臉上帶著一絲興奮。女孩看著他，慢吞吞地道：「危賢同學，我們走吧。」

「走？去哪？」危賢警覺地退後幾步，「妳到底是誰，一班，根本就沒有妳這個人。

妳為什麼要騙我？」

他雖然性格孤僻，但絕對不傻。

「你不是要去學校餐廳吃午飯嗎，放心，我請客。」趙韻含根本不理會他的質問，旁若無人地拉著他離開。不，應該說用拽的更恰當，如果力氣再大一點，甚至能定義為綁架。

危賢非常鬱悶，按理說被漂亮女孩拉扯著，應該是男生的夢想。可他現在可是被超自然事件附身，隨時有生命危險，哪裡還有那些綺思妄想！何況，眼前的女孩，比鏡子裡的怪物還神秘。說不定，更加危險！

和靚麗清純的臉蛋不同，趙韻含的性格很強勢。她將他拉走後，在走廊的偏僻處立刻財迷似的伸出了手：「給我。」

危賢自然清楚她在索要什麼，滿臉霉氣地將八天前找到的古舊盒子遞了過去。

女孩看著盒子，臉色頓時凝重起來。她仔細地打量了一次又一次，接著突然揭開盒子，然後深深嘆了口氣，問：「盒子裡邊有什麼？」

「不知道，找到的時候就是空的。」危賢搖頭。

「我看未必。」趙韻含淡淡說，「只是人眼看不到而已。在你打開時，已經將那東西放出來了。」

「所以我才會遇到最近的怪事？」危賢並不是笨得無可救藥，他想起鏡子裡倒映著的自己的模樣，恐懼地縮了縮脖子。他早已不敢再看能倒映物體的東西，所以完全無法揣測，現在的他，究竟變成多麼可怕的樣子。

或許就連最富有想像力的人類，也難以構想它的萬分之一。

「沒錯，你打開了盒子，所以第一時間就被附身了。」趙韻含點頭。

「附身？難道裡邊裝著鬼？」危賢全身都抖了一下。

「別傻了，這世上哪有鬼。」女孩嘲笑道，臉上的表情犯賤得直令人想一腳踩過去，「魑魅魍魎知道嗎？」

「好像是一種妖怪？」危賢傻傻地反問。

「值得表揚，答對了一小半。」趙韻含將下巴仰起四十五度，隔著玻璃望向天空，眼神卻很奇怪，「其實這四個字原本的意思是百物之靈。山川草木存在久了，就會變為妖怪。當然，真正意義上的妖怪是不存在的。不過我本人對『魑魅魍魎』倒是有個定義：各種邪惡而富有攻擊力的負能量。」

她看了危賢一眼，補充道：「附著在你身上的能量，就是其中的一種。」

「妳的意思是，這些負能量能令我的眼睛看到不同的東西？可我心裡無處發洩的『自己非常危險』的感覺又是怎麼回事？錯覺？」聽了解釋後，危賢更怕了。

「不是錯覺，你的的確確有危險。」趙韻含輕鬆地笑著，嘴裡的話卻一點都不輕鬆，「第六感是人類最原始的本能，大部分生物為了延續生命，都會誕生出預知危險的超能力。人類也是如此。你的小命，已經危在旦夕了。甚至，撐不過今晚。」

危賢腳一軟，險些倒在地上，他瞪大雙眼，一副賭光家產的絕望模樣：「怎麼可能。」

「我不是在危言聳聽。」趙韻含聳了聳肩膀，「你從鏡子的彼端感受到危險後，不再去看會反射出自己影像的物體。這個判斷很好，不過也只是苟延殘喘而已。這個盒子，你知道是什麼嗎？」

她將八天前危賢挖到的盒子拿出來問道。危賢目光呆滯地搖頭。

「是封印。盒子用全銅製作，上邊的花紋雖然已經模糊不清了，但還是能判斷出製造它的人繁複地刻畫著某些玄妙的紋路。據我判斷，這東西應該是民國時期製造的。但是花紋卻不得了，居然將《金剛經》融入紋路中。你自己看。」趙韻含不知從哪掏出一支放大鏡。

藉由放大鏡確實看見，盒子上密密麻麻地刻著大量看不懂的梵文。那些文字在日光的照耀下，金光閃閃，刺人眼眸。

「銅在古代，本身就有鎮壓邪魔的作用。所以，在民國時期不知道那棟舊宿舍發生過什麼事。於是有高人做了這個盒子，將不好的東西封印在裡邊。直到被倒楣的你找到，將其放了出來。」趙韻含一邊說，一邊用手把玩著古舊的盒子。

「可那個舊宿舍不是解放後蘇聯援助的嗎？」危賢小聲地問。

「笨，這間學校的歷史可比你認為的長得多。就我所知，已經有一百三十多年了。

從前是私塾，晚清時改為附近的第一家民辦中學，一直延續到現在。蘇聯援建的那棟校舍，早就被拆除了，就是現在新校舍的位置。有著那麼長歷史的學校，不小心找到些超自然的東西，一點都不奇怪。」趙韻含撇撇嘴。

「那妳為什麼說我撐不過今晚？」危賢強自鎮定。

「你自己看。」女孩將盒子翻了過來，只見盒子底部赫然用飄逸的繁體字寫著一行小文：

開匣者，活，不過八目。

八目？還沒等他疑惑，趙韻含已經解釋起來：「『目』是從前大能者的行話，也就是『日』的意思。這段話很簡單，打開盒子的人，最多只能活八天。」

「今天就是第八天！」危賢只感覺一陣毛骨悚然，整個人都再次懵了。

「所以，橫豎都是死，要不要賭一次？」女孩笑咪咪的，怎麼看都覺得在誘惑犯罪。

「賭什麼？」危賢下意識地問。

「賭你的命。」趙韻含淡淡道，「贏了就會活下去，輸了，便會被那東西吃掉。」

賭，還是不賭？危賢的腦子很亂，亂得幾乎快要無法思考。最終，活的欲望戰勝了恐懼，他一咬牙，幾乎從牙縫裡迸出聲音：「賭。」

「不錯，有膽量，我看好你！」女孩笑得更開心了，拍拍他的肩膀，「今晚十點半，到舊校舍來。我先布置一下。是死是活，就看今晚了。」

5

每個人的命都是寶貴的，至少，所有人都如此認為。所以當一個人在備受危險折騰時，往往能爆發出無與倫比的求生意志以及從來未有過的決斷力。哪怕是像危賢這種渺小、不起眼的普通高中生。

夜晚十點半，不早不晚，危賢來到了舊校舍。月亮高高懸掛在空中，彷彿是黑夜的補丁，看得人心煩。他照例從窗戶翻進去，就看到一臉溫柔的趙韻含正站在走廊上，她穿著貼身的夏日校服，身材完美，一襲黑色長髮在昏暗的空間中顯得格外迷人。

「你很準時，本美女已經布置好了。跟我來！」女孩捂嘴笑得樂呵呵的，只是不知道她在笑什麼。

跟在她身後，他被帶到二樓的一間教室中。剛打開門，危賢就全身發抖，死都不願意再往前走一步。

只見教室裡的四堵牆壁密密麻麻地擺放著一面面一百八十公分高的鏡子，每面鏡子前還擺放著一根蠟燭。數百根蠟燭的燭光一同搖晃著，顯得整個舊校舍都寒氣逼人，陰森刺骨。

女孩走進去後，坐在教室中央兩張鋼管椅其中的一張。

「怎麼不進來？」趙韻含問，「害怕？」

危賢點頭。

女孩看了看手機，慢吞吞地說：「再過十五秒，你不進來的話，就會沒命。到時候我也救不了你！」

話音剛落，危賢再也不敢耽擱，邁著大步走了進去。果然是個不見棺材不掉淚的笨蛋。

「你坐在這裡。」趙韻含指了指鋼管椅，危賢只得坐了下來。

「集中注意力！」趙韻含在危賢的腦袋上狠狠敲了一下，然後退到了不遠處的角落。

「我需要幹什麼？」危賢悶悶地問。

「別說話，等！」女孩神秘兮兮地搖搖手指頭，目光開始專注在四四方方的數百塊鏡子上游弋。

危賢不敢再說話，他看著鏡子，鏡子裡的怪物也看著他。這令他心裡驚悚不已，如果不是教室裡還有其他人，他都快要被嚇瘋了。每一面鏡子，都是一方小世界，每一方鏡子中的他，都呈現著不同的模樣。但是無一例外，全都比深海深處最可怕的怪物魚更容易令人作惡夢。

搖晃不止的燭光在空氣裡微微發出燈芯爆裂的聲音，這原本微小到忽略不計的聲音在一片寂靜的空間裡，令人膽顫。

一百根蠟燭，一百面鏡子，一百個怪物危賢。

突然，危賢感覺有什麼東西在鏡子裡湧動。在鏡面背後，猛地有東西撲了出來，飛掠過自己的臉頰，然後竄入背後的鏡子中。他腿頓時嚇得發軟。

就在這時，女孩神情一凝，高舉著那支老舊的翻蓋手機，喝道：「開啟真實之扉。」昏暗的教室裡，一股股的風在暗流湧動。平凡無奇的手機居然閃爍著刺目的精光。時間似乎變得凝滯起來，風的吹拂變得緩慢，就連光線都變成了一絲一絲的輕紗，縈繞在教室的空間中。

這個人在搞什麼？手機螢幕居然那麼亮，不知道用的是哪種高容量電池。看著如此奇幻的一幕，危賢秀逗地想著，心裡卻湧起了無限驚愕。趙韻含，究竟是什麼人！她手機中發出的光芒，似乎有著某種超自然的神秘力量。

時間和空間開始逐漸在手機螢幕的光照下變得凝滯，就連危賢的思考也開始遲緩。他的視線中，每一面鏡子裡的自己都在變化，最後逐漸形成了一隻眼眸。

那是怎麼樣的一隻眼？血紅，布滿了血絲。碩大的眼球旁還遺留著令人作嘔的神經。那只眼睛死死地盯著他看，看盡了他內心隱藏著的所有秘密。甚至持續地挖掘著他的靈魂。

如果人類能看到自己的靈魂的話，或許所有人都會跟危賢一樣恐懼。他的靈魂就像一圈圈的白色霧氣，被那隻邪惡的眼不停地吸走，拉扯進每一面鏡子中。

靈魂煙霧已經薄弱到無比稀疏，只要清風一吹就會散盡。危賢立刻就懂了活不過八日的意思，八天，足夠那隻眼睛吸光一個人的靈魂。

沒想到如此俗套的劇情，沒在三流電影小說裡出現，反而被他倒楣地遇到了。他努力轉頭想去看趙韻含的行動，可是那隻充滿邪惡與恨意的眼就如掠食動物般，高高地站在食物鏈的頂層。在它的凝視下，他整個人都驚駭得沒辦法動彈哪怕一絲一毫。

從正面鏡子中，他能看到女孩手機的光芒暫歇。然後一股猶如在耳邊的婉轉聲音，再次響起：「開啟利刃之扉。」

頓時，只是一瞬間，教室裡所有的鏡子都發出「啪嗒」一聲輕響。每塊鏡子的鏡面上都彷彿被無數利刃劃過般，以慢動作顯露出無數的裂痕。

紅色眼眸慘叫一聲，從鏡中竄了出來。

「破！」女孩又是一聲清喝，數百面鏡子同時被一股無形的力量粉碎。巨大的紅瞳似乎受傷了，它一面怪叫，一面朝危賢飛過去。確實是飛，那隻可怕的眼睛並不受地球引力的影響，懸浮在空中，而且速度快得驚人。

「遲鈍！」趙韻含嘴裡流出兩個冰冷刺骨的字。

一襲青色光亮籠罩在了堪比音速的紅眸怪物上，它在不斷掙扎，可是被青光逮住的它，速度明顯變慢了許多。

一幕一幕，都讓危賢難以置信。紅眼就在近在咫尺的地方，離他的腦袋只剩下五公分。這東西足足有一個半成人大小，碩大的眼眸縈繞著黑漆漆的煙霧。那些翻滾的黑霧，似乎飽含著無數的憤怒、絕望和恨意。

這究竟是什麼東西？剛才的一幕，到底是怎麼回事？危賢不能理解眼中看到的一切，他甚至懷疑自己是不是穿越到了別的世界。

「啪嗒」一聲，趙韻含將那個古舊的盒子扔在紅眼怪物的身下，然後用手機螢幕對準它：「開啟束縛之扉。」

紅色眼眸不斷地掙扎，可是巨大的身軀卻無法撼動的緩緩朝著女孩的方向被拖去。古舊的盒子似乎感受到那個曾經被它封印過的東西，它開始不停地顫抖。沒過多久，盒子開啟了，沒有驚天動地的燈光效果，巨瞳就被盒子收了進去。

整間教室頓時雲淡風輕，重新恢復了黑暗。數百根蠟燭，也不知何時熄滅了，黑暗裡，危賢整個人都還在震驚中，實在不知道該如何反應。

「搞定收工。」女孩點燃一根蠟燭，走過去將古盒撿起，放進書包中。

「你已經安全了。時間晚了，回去時自己小心一些。」趙韻含一身輕鬆地將書包帶子跨到柔弱的肩膀上，居然就準備扔下依然發呆的危賢自顧自離開。

危賢這時候才有了反應，猛地站起來，大聲問：「妳，不準備解釋一下？」

「有什麼好解釋的。」趙韻含腳步頓了頓，回頭，眨巴著眼睛，懶洋洋地說。見他的視線一眨不眨地看著自己的翻蓋手機，假惺惺地敲了敲腦袋：「喔，你是說這支手機為什麼那麼厲害？這倒是不好解釋，聽說過等離子科學嗎？」

危賢搖頭。

「等離子科學。原子中的原子核是陽離子。電子是陰離子。陰陽離子分離後，就是等離子。本美女的手機就是基於那種原理。」趙韻含對自己的解釋很滿意，「懂了吧。」

懂你妹啊！危賢幾乎快要爆粗口了。那麼簡潔而不明瞭的解釋，自己聽得懂才怪。

「唉，解釋什麼的太麻煩了。你回去自己翻物理學課外書。」趙韻含敷衍地說：「總之你已經安全了，交易完成。盒子是我的，你別想拿回去。除非你想再被它吸一次靈魂。」

「那個眼睛是什麼？」危賢被他繞得頭大，乾脆地問了重點。

「哎呀，你真的是很麻煩。」女孩不耐煩起來。

就在這時，異變突生。裝在趙韻含書包裡的詭異古匣子突然動了動，然後在兩人的驚訝中化為一道流光，衝破模糊的玻璃窗，以迅雷不及掩耳的速度飛離。

那方向，正是危賢偶然找到古匣的地方——滿地廢墟的舊宿舍舊址。

舊校舍二樓的某間教室中，一片死寂，只剩下滿地的玻璃碎片。每一塊碎片上都冰冷地反射著這個世界。

沒有人知道，每一個鏡面，都是一個小世界。

包括人的雙眼。

而舊校舍樓中的兩人，一個氣急敗壞，一個不知所措。

To be continued……

作者　夜不語
封面繪圖　Kanariya
總編輯　莊宜勳
責任編輯　黃郁潔
美術設計　三石設計

出版者　春天出版國際文化有限公司
地址　台北市忠孝東路四段303號4樓之1
電話　02-7733-4070
傳真　02-7733-4069
E-mail　story@bookspring.com.tw
網址　http://www.bookspring.com.tw
部落格　http://blog.pixnet.net/bookspring
郵政帳號　19705538
戶名　春天出版國際文化有限公司
法律顧問　蕭顯忠律師事務所
出版日期　二〇二〇年十一月初版
定價　180元

總經銷　楨德圖書事業有限公司
地址　新北市新店區中興路二段196號8樓
電話　02-8919-3186
傳真　02-8914-5524

夜不語作品 38

夜不語詭秘檔案 114：寶藏（中）

國家圖書館出版品預行編目資料

夜不語詭秘檔案114：寶藏（中）／夜不語 著.
一 初版. 一 臺北市：春天出版國際，2020.11
面；　公分. 一（夜不語作品；38）
ISBN 978-957-741-302-4（平裝）
857.7　109016052

ISBN 978-957-741-302-4
Printed in Taiwan

夜不語

詭秘檔案

夜不語

詭秘檔案